U0067982

重返地球

藍色水銀 著

天空數位圖書出版

序

　　這本小說在寫的時候，一直受到干擾，情緒上、腳傷、時間安排不順利、生理時鐘錯亂、台中火力發電廠讓空氣品質不佳害我一直咳嗽等等，光第一節寫完就花了一週，並近乎被我遺忘，轉而寫了兩篇的驚悚短篇，很奇怪的是這兩篇寫的非常快，只花了九天就完成兩萬多字，而這本小說之後的進度就一直停在第一節長達兩個月，一個字都想不出來。

　　這篇序會寫的比較簡短，因為會有後記，至於動機，是提醒吧！提醒一些細節，非常微小的細節，但非常致命，也非常重要，忽略其中一項就可能發生災難，甚至讓整個太空計劃完全失敗，也就是說，太空計劃是不容許任何失誤的，它不是手遊，也不是 PS4 的遊戲，或是任何相關的遊戲，失敗了可以重來，在浩瀚無垠的太空中，沒有任何的後援，發生的任何失誤都可能會讓團隊全軍覆沒，或是漂浮在太空中等死，雖然驚奇隊長給福瑞的緊急呼叫器這個梗很棒，但我們並沒有驚奇隊長可以穿梭於宇宙中救援。我是個漫威迷，最喜歡鋼鐵人，只要有這個角色的電影，都至少看過兩次，甚至五或六次，僅次於阿凡達的八次，也喜歡驚奇隊長、雷神、浩克、黑寡婦，其他角色給我的衝擊比較小，但也都至少看了兩次以上，美國隊長

比較像是我心中的矛盾，該為了人類奮戰到死，還是跟佩姬卡特廝守一生比較重要？該為了朋友之情，還是顧全大局重要。就像是我們在人生中常遇到的抉擇一樣，有時候，只能選一樣真的很痛苦。

就在此刻，另一個干擾出現了，窗外一直傳來手動砂輪機磨擦金屬的聲音，我該關窗、開冷氣、放音樂對抗，還是騎著機車去覓食？雖然不痛苦，但有些煩人，於是我選擇了重複播放跟這本小說有高度相關的歌，David Bowie 在 1972 年發行的 Starman，以及 1969 年發行的 Space Oddity，這兩首年代久遠的歌，天啊！1969 年時我才一歲，1984 年我第一次聽到這兩首歌就非常喜歡，如果有一天，這本書被拍成電影，我希望這兩首歌都能成為電影中的配樂，算是對已經過世的搖滾巨星 David Bowie 另類的致敬。

藍色水銀

目 錄

壹：太空計劃

　　西元 57,043,182 年，地球已經沒有所謂的國界，大部份的生產都已自動化，幾乎所有人都不用工作，或者說他們的工作都是研究跟設計，全世界的人類只有一個共同的目標：移居到宇宙各地。一年一度的太空計劃報告直播上，終於有了讓人振奮的消息，主席張宇航說：「經過五千多萬年的努力，我們終於有能力讓太空船離開太陽系，並平安到達我們所預定的星系，最重要的，我們已經有能力改造任何一個行星或衛星，讓它們成為我們的新家園，明天此時，我們的第一批太空先鋒將離開地球，先往土星的衛星泰坦，再從那裡分別向六個星系出發，讓我們為這偉大的一刻振臂歡呼！」不論是台下的人，或是觀看轉播的人都有股莫名的興奮，不由自主的跟著歡呼，因為他們看到了希望。

　　「謝謝各位多年來的努力，明天是人類的大日子，我會親自上土衛泰坦，見證這歷史的一刻。」張宇航在餐會上說。

　　「我也很想去，可惜我的身體狀況已經不適合。」一個頭髮全白，但皮膚狀況仍然非常年輕的科學家陳青松說。

　　「爸，你飛來飛去都快三百年了，還不膩啊？」一位看似年輕貌美的女科學家搭著旁邊的父親說。

　　「碧雲，妳不懂的，這是我畢生的志願。」陳青松難掩心中的失落。

「怎麼會不懂，這裡的每個人，都跟你有相同的願望。」

「不能親自太空旅行，總是遺憾！」

「這次的目標，至少兩萬年才能到，最遠的需要五十四萬年，沒人能活那麼久的。」陳碧雲說。

「所以我們才發明了這個進化人：領航者一號。」張宇航比著一旁的機械人說。

「嚴格說，他不算是一個人。」陳青松說。

「沒錯啊！他不是一個人，他擁有幾十萬人的技能，還有人類最欠缺的：理性判斷。」陳碧雲說。

「太過理性未必是好事！」陳青松說。

「那只是你個人的看法，根據模擬的結果，領航者一號現在的設定是最好的，除非遇到特殊狀況，否則是不可能放出那個瘋狂駕駛員的。」陳碧雲說。

「妳說我是瘋狂駕駛員？」陳碧雲對面的劉翼展說。

「難道你不是？模擬飛行撞了幾千次了？」陳碧雲說。

「三千八百五十四次，只比領航者一號多了一百多次。」

「要不是你的第六感還不錯，怎麼會有這種數據？」

「錯了，除了第六感，我能在殞石群中目視飛行，逃離黑洞的機率也比領航者一號高很多。」劉翼展不以為然說。

「好吧！關於這一點，我承認你很厲害。」

「厲害有什麼用？明天起就要變成冰棒，說不定醒來的時候已經是五十四萬年後了。」劉翼展一臉無奈。

「別氣餒，你可以選擇留在地球啊！由我們六個複製人代勞。」旁邊六個人，除了髮型略為不同，長相與身材都跟劉翼展完全相同，他們都轉頭看著本尊，其中一人說。

「不行，你要留在地球代替我，繼續完成其他的實驗跟測試，其他五個人去。」劉翼展對著剛剛開口的複製人說。

「偏心。」複製人說。

「誰叫你比我更完美，人類還需要你。」

「別鬥嘴了，早點休息吧！解散。」張宇航說。

「剛剛為什麼要糗我？」劉翼展牽著陳碧雲的手。

「誰叫你一定要離開我。」兩人在沙灘上散步。

「你明知道為什麼？又何必問呢？」

「可以讓你的複製人去啊！」陳碧雲停下腳步，深情款款地看著劉翼展。

「事到如今，我只好告訴妳真相了。」

「有什麼問題嗎？」陳碧雲疑惑的問。

「其中一個在反覆解凍後的能力有問題，所以必須留下，現在已經來不及再做一個複製人了。」

「為什麼會這樣？」

「基因採樣的過程中出了一點點問題，他的壽命可能只有三十年，也許不到。」

「為什麼不早說？」陳碧雲有些不悅。

「上個月才發現的。」劉翼展一臉無奈。

「你真的忍心離開我？」陳碧雲抬起頭，看著比她高半個頭的劉翼展。

「我愛妳！」劉翼展輕輕吻了陳碧雲的額頭，忽然間，劉翼展暈倒了，陳碧雲手拿電擊棒朝他身上招呼。這時沙灘上出現了另一個劉翼展，就是有缺陷的那個複製人，他和陳碧雲合力把本尊抬上車，載往一處不知名的深山，當他醒來的時候，

已經被綁在一張床上，微弱的燈光讓他看不清楚是那裡，不過，那已經不重要了，因為他已經來不及登上離開地球的太空船。

　　太空基地裡，眾人正在為太空船做最後的檢查，並把三百個領航者一號一一送上不同的六艘太空船上，他們唯一的不同就是胸前的編號，P-1-001 到 P-1-300，每艘太空船都會配置五十個領航者一號，還有張宇航等人的複製人共六組，他們的年齡都只有三十歲左右，每組十人，全都著裝完畢，正一步步走向太空船。他們的身份分別是主席：張宇航、科學家：陳碧雲、科學家：林衣蝶、瘋狂駕駛員：劉翼展、駕駛員：李育賢、工程組：韓志成、徐國清、李節芳、黃心怡，以及醫師兼技工：葉文華。

　　「倒數五分鐘，所有人員及設備撤離起飛區。」指揮室裡下達命令。

　　「航線淨空。」三分半鐘後再度下達命令。

　　「淨空確認。」太空站裡回傳了訊息。

　　「倒數一分鐘。」

　　「起飛。」六艘太空船分別起飛。

「起來吧！瘋狂駕駛員。」陳碧雲一抹微笑，心滿意足的看著太空船離開地球的直播畫面，走到劉翼展身邊將他鬆綁並搖醒他。

「這是那裡？」

「當然是地球。」

「為什麼這麼做？」

「你不是說你愛我，既然愛我，怎麼可以離開我！」

「我是愛妳，但那是我的使命。」

「你的使命，由你的複製人承擔了，自己看吧！」陳碧雲手指著直播畫面。

「好吧！接下來呢？」劉翼展有些不悅。

「由你告訴我啊！別說那些山盟海誓都是假的。」

「好吧！都依妳。」

「不情不願。」陳碧雲轉頭背對著劉翼展。

「這樣好嗎？」劉翼展悄悄走到她的背後，雙手環抱著她，輕聲在她耳邊說。

「討厭！」

「妳不想嗎？」

「我已經是個兩百七拾歲的老太婆了耶。」

「妳在我心裡，永遠是那個十八歲的女孩。」

「我知道，所以我捨不得你走。」

「妳現在如願了。」兩人開始擁吻，脫掉對方衣物。

貳：藍色星球

　　太空船上，眾人看著逐漸變小的大地，雲層越來越小，連閃電都只是雲層裡的一小部份，歐洲的上方出現了美麗的極光，陽光照射後的大氣層就像一個光環包圍著地球，然後只剩下深藍色的海水和南美洲大陸，緊接著是越來越小的地球和太陽，終於地球消失在眼裡。

　　「航線淨空。」飛在最前方的領航者一號呼叫早已出發的航線清潔艦隊，數千艘的清潔艦已經清理了數年之久。

　　「淨空確認。」航線清潔艦上的另一個領航者一號說。

　　「準備加速。」飛在最前方的領航者一號又說。

　　「倒數一分鐘，所有人準備。」

　　「五、四、三、二、一。」飛在最前方的太空船逐漸加速至時速一千萬公里，將近四十個小時後，終於看到遠方的土星。

　　「開始減速。」

　　「準備降落。」一艘長度與寬度都將近百倍大的超級太空船出現眾人眼前，其中一個艙門打開，小太空船順利降落之後，艙門立即關閉。

　　「請等待壓力平衡。」

「開始接管程序，複製人請至急凍艙報到，領航者 P-1-001 至 P-1-003 號至駕駛艙報到，其餘領航者就位後啟動休眠狀態，工程人員請至小型太空船一至三號，準備撤離。」

「撤離成功，準備出發程序。」過了一會之後。

「航線清潔艦隊出發，距離母艦十萬公里。」十三艘清潔艦以橫向金字塔的方式率先出發，一艘領航、四艘在後呈一萬公里正方形、後面八艘呈二萬公里正方形，每個面都是三艘，開始清除航道上的障礙物。

「複製人急凍程序完成。」

「領航者進入休眠狀態。」

「開拓者一號準備就緒。」三艘開拓者母艦皆就緒。

「輔助動力系統啟動。」

「開拓者一號，出發。」

「開拓者二號，出發。」

「開拓者三號，出發。」三艘開拓者母艦依序出發。

「確定脫離土星重力。」領航者 P-1-001 回報。

「祝你們一切順利。」指揮室中，張宇航跟所有工作人員目送龐大的開拓者，最大長度雖然達五千公尺，寬度跟厚度皆五百公尺，但漸漸遠離土星之後，竟顯得非常渺小，沒多久便消失在黑暗之中。

「準備加速。」領航者 P-1-001 說。

「航線淨空確認。」航線清潔艦隊回答。

「開始加速。」就這樣，時速一千萬公里的龐然大物即將離開太陽系，他們背負了重大的任務。

領航者 P-1-001 坐在駕駛座上，旁邊兩個座位，不過座位上沒有領航者，他們兩個正在檢查開拓者一號，非常仔細的檢查，花了好幾天的時間，終於，都回到座位上。

「一切正常。」P-1-002 說。

「我這邊也是。」P-1-003 說。

「很好，那就休息吧！十天後見。」P-1-001 說完，他們兩個便進入休眠狀態，除非有緊急事件，否則十天後才會醒來，並重複檢查所有設備，一直到他們到達目的地。

而另一個計劃正在進行中，月球上的太空基地，他們看著藍色的地球，正討論著這個計劃。

「如果順利的話，他們什麼時候可以回來？」張宇航問。

「航程最近的是開拓者六號，單程兩萬年，加上採礦、改造、測試、確認等，至少要四萬兩千年，如果是航程最遠的開拓者三號，可能要一百一十萬年，萬一該星系的恆星狀況不如預期，那時間就會更久。」陳青松說。

「這麼久？我們還能等那麼久嗎？」

「不確定，太陽已經越來越不穩定，惡化的速度超過我們原先的預期，我們最多只剩下一千萬年。」陳碧雲說。

「這麼糟？」張宇航驚訝的看著陳碧雲。

「那就提早執行大遷徙，明天就投票。」張宇航接著說。

「這是地球統一之後，最重要的一次公投，五十億人為了後代而投票，而第一次重大投票的題目：地球最多可以支撐多少人口，答案是六十億，那已經是五千五百萬年前的事了，所以地球上的人口數量，就一直維持在六十億附近，但這次，我們真的遇到大麻煩了。」陳青松說。

「不是麻煩，是災難。」陳碧雲說。

「我不同意，這應該定義為滅絕或是永久消失。」劉翼展此話一出，現場所有的人議論紛紛，卻無法反駁。

13

「現在談滅絕還太早。」張宇航說。

「不早了，早在二十世紀，也就是五千七百萬年前，人類就已經意識到這個問題，可是人類太自私跟短視近利，之後花了兩百萬年才達成統一，又花了一百萬年才同意進化人的發展，這些年來，只要是重大的問題，都是花一百萬年到五百萬年才有結論，太沒效率了，最重要的是我們只剩下一千萬年不到了。」陳碧雲的話重擊了所有人。

「可是，用滅絕這個字眼，只會造成恐慌，加速人類毀滅，因為，他們會要求提早啟動大遷徙，如此一來，情勢就會大亂，有權勢的人會趁機佔用資源，達到永生的目的，不是嗎？」張宇航語重心長的說完，不禁皺起眉頭。

「看來，我們的藍色星球即將不保。」陳青松說。

「沒別的辦法了嗎？」劉翼展問。

「水星跟金星的太陽引力太強，溫度也太高，不適合開發，木星跟土星太大，地心引力太強，目前的科技無法克服，不過它們的衛星開發計劃，早就開始了，也就是說這兩個行星的衛星，很快就會被我們開發完，天王星跟海王星的開發計劃正在規劃中，火星可能是第一個被我們用光的行星，也就是消失，這次的六艘開拓者號，已經用了火星百分之一的鐵，也就是說我們只能再從火星上製造六百艘開拓者，除非我們挖地球的礦

場製造太空船，這對人類來說，是非常危險的警訊。」陳碧雲
秀了八大行星的大小及位置比較圖。

「木星跟土星這麼大，怎麼不想辦法利用？」劉翼展問。

「地心引力太強，你剛剛沒聽到嗎？」陳碧雲說。

「當然有聽到，但沒辦法克服嗎？」

「就算能從木星採礦，也無法離開那裡。」

「搭一個幾千公里高的電梯呢？」

「這或許是個方法，但它的直徑有十四萬公里，這個電梯
至少也要兩萬公里高，能不能撐住不倒塌是個大問題，另一個
問題是持續不斷的風暴，對了，這麼大的星球，自轉一圈只要
十小時不到，這可能會造成採礦的問題跟電梯倒塌，重點是它
是否有我們要的礦產，所以，我們的作法是先從衛星開發，而
我們最大的風險還是地心引力太強，它會一直將太空中的小東
西捕獲，這會是採礦場的惡夢，一旦有較大的物體擊中礦場，
那就完了。」陳碧雲說。

「土星呢？」劉翼展又問。

「上面的風速可能超過時速二千公里，還有超級閃電，被
打中就毀了，所以，你的電梯是蓋不成的。」

「這麼難搞？」劉翼展抓抓頭，一臉失望。

「人類研究太陽系的行星跟它們的衛星已經五千多萬年，能不能採礦，基本上已經全部定案，還沒執行的部份就是目前的科技辦不到的，明白了嗎？」陳碧雲說。

「好吧！我承認在這方面的知識趨近於零。」劉翼展說。

參：土衛泰坦

土星的衛星六號即泰坦星上，開拓者四號至六號正在做出發前的最後檢查，當然，他們也順利升空，飛向未知的領域。在此之後，人類不定期在泰坦星上發射一艘開拓者號，直到火星的資源全部被人類開發完畢。

　　當開拓者六號離開之後，開拓者七號的生產便如火如荼的展開，除了遠從火星送來的各式礦產，來自木星各衛星、土星其他衛星、土星環、小行星帶的所有物質都會不定期被送到泰坦星上的開拓者生產中心，這個巨大且瘋狂的無人工廠。佔地數百平方公里的工廠，仍然不斷的向外擴張，從空中往下看，是個長寬都將近三十公里的建築物。工廠的內部主要是製造開拓者號所有的零件，然後組裝，最後送到巨大的開拓者號的內部，安裝在它應該在的位置，全程都由機器人完成，而人類的角色只是監看過程，或是做一些機器人無法做到的事。

　　「你看，土星環好美。」一個工廠管理員指著土星環說。

　　「我知道，不過，土星環會越來越小，因為我們會從上面把有用的全抓來泰坦星上。」另一個工廠管理員說。

　　「這也是沒辦法的事，聽說，太陽變成紅巨星的時程，提早了八億年。」

　　「人類研究了五千多萬年的科學，最後還是難逃必須離開太陽系的宿命。」

「其實到那裡都一樣，最後還是必須離開，除非人類願意進化，否則只能永遠在星際間旅行、定居、旅行、定居，一直循環，永遠沒辦法擺脫。」

「一旦進化，進化人就可以擺脫這個宿命了嗎？」

「或許進化人還是必須把其他星系的資源佔為己有，不過，進化人確實可以比較從容的面對恆星變成紅巨星、白矮星、黑洞的問題，也許有一天，進化人的科技將進步到難以想像的境界，不是嗎？」

「算了，別想那麼多了，反正我們兩個，已經來不及進化了。」

「不，你說錯了，其實人類的科技已經可以辦到，只不過進化人的量產公投一直都沒通過，那些掌握大權的人太自私、無知、貪婪，他們還想控制人類，滿足自己的私慾，只不過現在人類的時間不多了，公投隨時會通過的。」

「你怎麼知道隨時會通過？」

「根據科學家陳碧雲團隊的研究，太陽將提前在五百萬到一千萬年之內變成紅巨星，所以，開拓者計劃才會提前了五百萬年執行，如果是在五百萬年後，我們成功到達目的地的機率超過九成，但現在，因為時間壓力的問題，造成資訊不足，所以這六艘開拓者可能全都有去無回。」

「那怎麼辦？」

「所以我們會在這裡，一直製造開拓者號，直到任何一艘開拓者回來。」

「回來了又怎樣？」

「讓自己進化，去新的星球生活啊！」

「難道不能保持現在的樣子上開拓者？」

「你一天吃掉多少食物跟水？」

「大概四公斤吧！」

「所以你每年吃掉一點五噸的食物跟水，對吧！」

「沒錯啊！」

「假設你可以活五百年，光是你一個人就必須帶七百五十噸的食物跟水，加上每個月兩包衛生紙，一萬兩千包衛生紙，如果是女人，還要帶衛生棉，想像一下，開拓者號能載多少人？這還不包括洗澡跟馬桶用的水。」

「好像有點道理。」這個管理員抓抓頭，腦海裡出現了幾百萬包衛生紙把自己淹沒的畫面。

「重點是你會死在開拓者上，因為幾萬年到幾十萬年的航程，沒有人能活那麼久的。」

「所以呢？」

「所以我們必須進化成不必吃喝的低耗能機械人，直到科技更進步，變成下一代進化人，一直到我們無法想像的那一天來臨。」

看起來，這兩個泰坦管理員的對話相當有道理，也很有衝擊力，於是，張宇航決定用他們的對話，加上更多的細節並重新錄製，用來說服人類接受進化人公投。

「這行不通的。」陳青松說。

「為什麼？」張宇航問。

「你忘了嗎？公投結果出爐前到公投前一百年，政府所錄製的影片或任何形式的文字、藝術裝置，如有誘導公投結果的可能，該公投是無效的。」

「難怪我們的效率一直這麼差。」劉翼展插嘴說。

「其實我們可以更有效率。」陳碧雲說。

「要怎麼做？」張宇航問。

「宣佈緊急狀態時不受此限。」

「可是，現在還不到緊急狀態。」

「由我跟我父親的團隊來背書就行了。」

「我不懂。」

「由我們這個團隊告訴人類，太陽系再過五百萬年就可能會毀滅，這樣就算是緊急狀態了。」

「你們打算說謊？」

「善意的謊言，比虛偽的民主跟人類的滅絕相比，我們願意承擔說謊的罪名。」

「可是，這樣一來，我們就必須提早完全放棄地球，還有太陽系了。」張宇航說。

「或許你會覺得五百萬年或是一千萬年還很久，但你別忘了，萬一我們現在的預測是錯的，如果時間更少，發生後人類來不及離開，你還認為地球值得我們眷戀嗎？」陳碧雲語重心長的看著張宇航。

「讓我考慮幾天。」張宇航旋即陷入沉思。

肆：遠離家園

　　已經離開太陽系範圍的開拓者三號，逐漸加速到極速，並穩定的航行了三年多，忽然間，一艘航線清潔艦失去了蹤影，其他航線清潔艦發回了衝擊警告。

　　「快叫醒瘋狂駕駛員。」領航者一號發出命令。

　　「解凍程序開始，預計三十分鐘可以接手飛行。」另一個領航者說。

　　「手動駕駛台準備就緒。」

　　「航線清潔艦回報狀況。」

　　「我們衝進了鐵隕石群的邊緣了。」

　　「開始分析。」這時又有兩艘航線清潔艦被擊中。

　　「進行閃躲。」巨大的開拓者號偏離了航線，朝著隕石群行進方向的垂直區域前進，不過，電腦的判斷錯了。

　　「糟了，這個區域的隕石密度更高。」領航者話才說完，距離開拓者號最近的其中一艘航線清潔艦被擊中，碎片的方向朝著開拓者號而來，又或者說，碎片沒有動力，開拓者號高速朝碎片的方向飛去，即使開拓者號的設計非常耐撞，碎片並未造成傷害，但無法躲開已經失控的航線清潔艦，在開拓者號的上方撞出了一個寬三十公尺、長一百公尺的大洞。

「分析損壞狀況。」不同的領航者開始對話。

「已經無法修復。」

「封閉該區域可行性評估。」

「來不及了，剛好擊中最難修復的區域，而且，我們失去動力了。」

「啟用氣體輔助動力。」

「沒用的，開拓者號太大了。」

「瘋狂駕駛員還要多久會醒？」就在此時，又一艘航線清潔艦直接撞上開拓者的前方，巨大的衝擊力讓開拓者正前方扭曲了一小部份，但駕駛室幾乎完全毀損，所有設備都脫離了基座，散落一地，並快速失去所有的空氣，此時的瘋狂駕駛員劉翼展複製人還沒甦醒，但因為溫度開始急速下降，他永遠無法醒來了。

「溫度太低，所有設備即將失去控制。」就這樣，開拓者飄浮在太空中，只剩下八艘航線清潔艦還可以運作，不過由於領航者已經因為低溫導致停止運轉，所以航線清潔艦依程式設定，停在開拓者旁待命，但已經無濟於事。

開拓者一號的狀況也沒有好到那裡，雖然他們的目的地最近，也順利的抵達星系的外圍，但悲劇同樣發生了。

「航線清潔艦回報資料。」領航者雖然呼叫，但沒有回應，於是又嘗試了許多次，不過依然沒有結果，就在此時，所有的電子設備全都忽然停止運轉。

「發生什麼事了。」剛剛解凍的張宇航複製人完全不知道狀況，昏昏沉沉的站起來。

「電子設備全部停擺。」比張宇航早醒了半分鐘的陳碧雲複製人回答他。

「領航者呢？」

「都沒反應。」

「其他人呢？」

「快醒了，我的體積最小，所以最早醒來。」

「是大型的太陽風暴，我們被擊中了，所以全部的電子設備都壞了。」陳碧雲對著其他九個人說。

「那我們該怎麼辦？」劉翼展複製人問。

「除非上帝保佑，否則我們將永遠困在這裡，變成它的小行星。」陳碧雲指著恆星的方向。

「無法修復嗎？」劉翼展問。

「機率不高，我們失去了所有的領航者，還有航線清潔艦，最糟糕的是所有電腦都停擺了。」

於是十個人開始檢測電子設備，不過，答案讓人絕望。

「完了，除非有另一艘開拓者來救我們，否則，我們就只能等死了。」陳碧雲說。

「救生艇呢？」劉翼展問。

「沒用的，就算你沒有墜毀，順利到達任何一顆行星或衛星上，你要怎麼生存，說不定一打開艙門，你就會熱死或凍死，又或者缺氧而死。」陳碧雲說。

「所以，我們要坐以待斃？」張宇航問。

「恐怕是這樣的。」陳碧雲無奈的說。

「大老遠跑來等死，真不甘心。」劉翼展說。

「你該慶幸解凍過程提早了幾分鐘啟動，否則我們就永遠沒機會醒了。」陳碧雲說。

「有什麼用？根據太空計劃，下一艘開拓者要在三十年後才會來，我們能撐那麼久嗎？」張宇航說。

「根據目前的條件，我們最多只能撐十天，十天後，艙內溫度會跟艙外達到平衡，所以，我們死定了。」陳碧雲說。

「燒東西呢？」劉翼展問。

「我們會缺氧而死，蠢蛋。」陳碧雲氣呼呼看著他說。

開拓者五號已經航行到一半的距離，依照規定將十個複製人解凍，除了檢查他們的身體狀況，他們的另一個任務是人工檢查一些領航者辦不到的角落。

「一切都正常嗎？」張宇航的複製人問。

「都沒問題。」陳碧雲的複製人說。

「到那裡了？」張宇航問。

「百分之五十一。」領航者說。

「還有多久可以到？」

「沒意外的話是七萬年，不過，我們可能必須航行更久。」

「這是我們的目的地，但這顆恆星將在兩億年後變成紅巨星，也就是說我們在太陽系中得到的資訊是錯誤的。」領航者秀出了目的地的恆星資料在螢幕上。

「沒關係，在那裡建立中繼站，然後再往下一個目的地，中繼站需要花多少時間？」張宇航問。

「如果留下部份機械跟部份領航者，我們只需要在這裡停留一年。」陳碧雲說。

「下一個目的地離原本的目的地多遠？」張宇航問。

「三十二萬年。」領航者說。

「這下有得睡了。」劉翼展說。

「所以我們的航程將從二十八萬年變成九十二萬年？」張宇航問。

「如果回程經過中繼站是這個數字，如果直接從第二個目的地直接回地球大約是四十萬年。」領航者說。

「那就直接到第二目的地吧！」張宇航說。

「根據地球上的會議，我們必須讓中繼站成立，並且在此大量生產開拓者號、領航者，還有我們的複製人，並設定好目標，讓他們自行航向更多更遠的目標。」陳碧雲說。

「好吧！就這樣辦，三天後回到冷凍狀態。」張宇航說。

「妳好美。」劉翼展跟著陳碧雲進到她的房間。

「才一個小時，你就愛上我了？」陳碧雲說。

「我有劉翼展所有的記憶，難道妳沒有陳碧雲的記憶？」

「有啊！但那不是我，我是複製人。」

「這樣說好傷人。」

「老實告訴你好了，我喜歡的是李育賢。」

「為什麼是他？」

「我不喜歡瘋狂駕駛員，我喜歡的是中規中矩的男人。」

「我可以改。」

「不必了，請你現在就離開這個房間。」

劉翼展失望的離開陳碧雲的房間，眼裡泛著淚光，那個一起受訓，一起歡笑的陳碧雲消失了，他獨自走到急凍艙，把自己冰起來。

「報告主席，劉翼展把自己急凍了。」領航者說。

「沒關係，讓他冷靜一下吧！」張宇航說。

「他怎麼了？」李育賢問。

「他不知道你跟陳碧雲的關係。」張宇航說。

「這也難怪，他認識碧雲的時候，碧雲已經兩百五十八歲，那時我的本尊，剛剛完成複製人程序，卻因為藥物出了問題，永遠醒不來了，所以他並不知道我。」李育賢說。

「後來劉翼展的本尊瘋狂追求陳碧雲本尊，所以，剛剛的劉翼展複製人，吃了已經跟李育賢複製人結婚的陳碧雲複製人的閉門羹。」領航者說。

「你怎麼知道？」李育賢問。

「領航者有你們全部的資料，你們的一言一行，一舉一動我都知道。」

「所以我跟碧雲的事你都曉得？」

「你們的本尊是在二十八歲認識的，兩個人生日相差一天，同年齡，經過三年熱戀，你們結婚，彼此深愛兩百多年，但沒有生小孩，開拓者五號上面的陳碧雲複製人，對本尊的記憶只到李育賢本尊死亡的那一天，可是劉翼展的六個複製人，都深愛著陳碧雲，這個問題如果不能解決，將來可能發生問題，希望主席想出解決之道。」

重返地球

伍：災難連連

　　開拓者一號上的人好不容易恢復了電力，不過所有的電子設備全部失效，他們開始了無盡的等待，和沒有結論的爭執，因為他們被困住了。

　　「現在呢？」劉翼展問。

　　「想辦法讓急凍艙運作。」陳碧雲說。

　　「又要變回冰棒？」劉翼展無奈的眼神看著陳碧雲。

　　「物資有限，如果十個人都醒著，我們最多只能撐七十年，萬一過三十年後我們的後援沒來，那我們就完蛋了，最好的辦法是只留一或兩人，這樣我們可以等待三百五十年或七百年。」陳碧雲說。

　　「那就趕快讓急凍艙恢復運作吧！」張宇航說。

　　「沒那麼容易的，少了電子設備的計算跟輔助，我無法準確設定溫度跟冰凍速度。」陳碧雲說。

　　「慢慢試吧！只要活著，總有機會的。」張宇航說。

　　「沒我的事了，我先休息了。」劉翼展倒頭就睡。

　　「任性的傢伙。」張宇航說。

「主席誤會他了，你們這三天睡覺的時候，他跟我不眠不休了九十個小時，終於將電力恢復，我想，他已經很累了，他再不睡，恐怕會減少三十年的壽命。」陳碧雲說。

「那妳呢？」

「我也該睡了。」

「育賢，你覺得一個人還是兩個人醒著好？」張宇航問。

「都不好，一個人容易瘋掉，兩個人容易吵架。」

「林衣蝶，妳說。」

「如果是一個人，他的抗壓性要夠，興趣廣泛，這樣他就不會無聊到瘋掉，如果沒有這樣的人選，就必須兩個人。」

「所以，最合適的人選是誰？」張宇航問。

「是劉翼展，他所有的數據都是最好的。」林衣蝶說。

「妳確定？」李育賢疑惑的看著她。

「也許他在模擬飛行的時候很瘋狂，但他也是我們所有人中最樂觀、最多種興趣，所以他才會什麼都懂一點，但都不專精，這一點在現在很適合，因為我們都會鑽牛角尖，只有他沒有這樣的困擾，無論在什麼狀況下，他都不會放棄，除非他失

戀了。」眾人在劉翼展呼呼大睡的同時，決定由他擔任等待救援的那個人，其他的人則選擇急凍。

　　花了幾個月的實驗，陳碧雲終於能讓眾人回到急凍艙，於是八個人都躺進去，再度變回冰棒。

　　「該我了，知道怎麼做吧！」陳碧雲問。

　　「可以別走嗎？」劉翼展問。

　　「你明知道的，又何必問。」

　　「我不想獨自一人空等待。」

　　「那你想怎樣？」

　　「妳明知道的，又何必問。」劉翼展用了陳碧雲的話。

　　「我不明白。」

　　「我想要跟妳在一起。」

　　「可是我喜歡的是育賢。」

　　「妳說什麼？」

　　「你聽到了。」

　　「那就把我冰起來吧！我永遠都不想醒來。」

「有毛病。」

「我沒病，我愛妳，妳也愛我，不是嗎？」

「我不愛你，我愛的是育賢。」

「妳到底怎麼了？」劉翼展並不知道陳碧雲的記憶還停留在她跟李育賢一起的時光。

「算了，你這麼想變成冰棒，我就成全你。」陳碧雲怒氣沖沖。

「冰就冰。」劉翼展的怒火似乎也不小。

「躺好。」於是，陳碧雲獨自一人在開拓者上老死，她死的時候，已經四百三十歲，因為沒有第二艘開拓者的來臨，所以她非常傷心，還來不及將劉翼展解凍，就死在椅子上，手裡還拿著李育賢手寫的情書。

開拓者六號在出發後的十三萬年，某天，航線左上方突然出現恆星扭曲的畫面，領航者立即進行閃躲，並將瘋狂駕駛員劉翼展解凍。

「是黑洞吞噬恆星。」領航者說。

「概略方向。」劉翼展問。

「左上方往右前方。」

「多久了？」

「三十一分鐘。」

「有多少行星或星體還沒被吞噬？」

「還在計算中？」

「來不及了，只好朝黑洞右上方衝過去。」

「你瘋了，等我計算好數據再決定航向。」

「你會害死我們的。」劉翼展才說完，靠右邊的航線清潔艦瞬間消失，左邊的則是變成一條線被拉往黑洞，緊接著是無數的小行星擊中開拓者，並在片刻之間就被吸入黑洞之中，他們連逃脫的機會都沒有。

開拓者四號的外殼在製造過程發生了瑕疵，但沒有被檢查出來，經過了二十萬年的航程之後，被小行星互相撞擊的碎片擊中，雖然大部份的外殼可以承受衝擊，不過有一個區域使用了不夠純的材料，造成了脆化，所以在撞擊之後造成了外殼破了一個直徑約三十公尺的洞，碎片迅速以這個洞為中心向開拓者內部四散，破壞面積大約是直徑兩百公尺，之後又有另外一個碎片從外殼的破洞衝入，少了外殼的保護，碎片的破壞面積達到一半的開拓者內部，也完全破壞了動力系統。

「報告情況。」解凍後的張宇航穿著厚重的太空衣問。

「空氣含量剩百分之三十，如果要正常活動，必須先把破洞修復。」

「需要多久？」

「剩下四十個領航者，全部投入修復，需要一百小時。」

「那就快點執行，其它部份呢？」

「動力系統受損嚴重，目前無法判斷需要多少時間可以恢復，也可能無法恢復，建議在外殼補好之後，將所有人員解凍。」

四天後，十個成員都解凍，面對這樣的狀況，他們全都束手無策。

「大部份的區域都很難恢復。」李育賢說。

「為什麼？」張宇航問。

「動力系統沒有足夠的零件，而且，電腦也都壞了。」

「用領航者代替呢？」劉翼展說。

「沒辦法，你們看一下吧！」立體投影中，除了滿目瘡痍，還有各種難以分辨的碎片散落著。

「看來，我們必須在太空中漂浮了。」陳碧雲說。

「用航線清潔艦拉呢？」劉翼展問。

「那要多二十倍的時間才能到目的地。」陳碧雲說。

「至少不用等死。」劉翼展說。

「那是多久？」張宇航問。

「五百萬年。」陳碧雲說。

「加上動力輔助系統呢？」劉翼展問。

「三百八十萬年。」

「那還等什麼？」劉翼展說。

　　於是開拓者四號就以航線清潔艦的動力，慢慢的往他們的目的地前進，至於能否順利到達，那就不得而知了，至於十個成員，都回到急凍艙，繼續當冰棒。

陸：陰謀家？

開拓者二號在離開了泰坦星之後，就刻意躲在古柏帶中，太陽系幾乎最外圍的地方，等待另外五艘開拓者遠離。

　　「把他們都解凍吧！除了陳碧雲跟劉翼展。」一個貌似張宇航的人對領航者下令。

　　「沒問題。」於是八個人都解凍了。

　　「你做什麼？」張宇航的複製人非常生氣。

　　「沒做什麼，我只是幫你延長控制人類的時間而已，弟弟。」原來這個人是張宇航的雙胞胎哥哥張宇飛。

　　「你瘋了。」

　　「哈～～」張宇飛狂笑著，卻沒人制止他。

　　「快抓住他。」張宇航大叫，但沒人行動。

　　「你還不懂嗎？他們都是我的人。」

　　「是真的嗎？」另外七人紛紛點頭。

　　「到底為什麼？」

　　「哈～～我這個弟弟掌握權力太久了，都忘了功臣應該行賞，而不是物盡其用，用完即丟啊！」張宇飛又狂笑。

「跟他囉嗦什麼？直接把他幹掉吧！」林衣蝶說。

「不行，要把本尊幹掉，然後把這一個複製人的記憶清掉，然後換上我的記憶，這樣才能控制委員會。」張宇飛收起狂妄，一本正經的說。

「育賢，麻煩你了。」張宇飛接著又說。兩個人抓住張宇航的複製人，將他放上一個橢圓形的機具裡並五花大綁，這部機具的用途便是記憶清除機，當然，也是記憶植入機，經過了兩天的時間，張宇航複製人的記憶已經被清除，取而代之的是他哥哥的記憶。

「劉翼展跟陳碧雲要怎麼處置？」李育賢問。

「哈～～你怎麼這麼單純啊！這樣要怎麼跟著我做事呢？」

「請恕育賢愚頓。」

「把你跟衣蝶的記憶放進去，不過，關於劉翼展的模擬飛行跟陳碧雲的科學知識要保留。」

「我懂了。」李育賢說。

「哈～～那就快去進行。」於是劉翼展跟陳碧雲的複製人也被動了手腳。

「下一步呢？」李育賢問。

「別急，等泰坦星那邊的內應吧！」張宇飛說。

「我還是不懂。」

「哈～～其實很簡單，除了前面這幾艘開拓者，後面的開拓者都是我們的，指揮權在我們手上。」

「這麼厲害？」

「偷天換日而已，沒什麼了不起。」

「我們這麼做，真的對人類的未來比較好嗎？」

「當然，我弟弟太保守了，每艘開拓者只有十個複製人，帶的裝備都只有兩份，萬一兩份都壞了，就算到了目標也沒辦法完成任務，所以我的方式比較好，每個目標都有五艘開拓者，出發間隔從原來設定的三十年縮短為一年，如果五艘開拓者都順利到達，改造行星的時間將大幅縮短，也就是幫人類爭取更多的時間。」

「可是這麼做是犯法的。」

「哈～～犯法，如果依照現行體制，什麼都要公投，什麼都要有共識，等到討論完再執行，然後到完成，至少要多花兩百萬年，太陽已經越來越不穩定，在地球上待越久，風險就提

高越多，而且政客看的都是眼前的利益，他們根本就不在乎人類的未來，太陽系毀滅這種大事，他們不可能會關心，他們關心的，向來只有眼前的權力跟利益。」

「沒錯，這就是我選擇效忠張宇飛大哥，而不是張宇航主席的原因。」林衣蝶說。

「我們也是。」其他複製人齊聲說。

「很好，看來我們的效率，可以幫人類爭取至少幾百萬年，雖然不太夠，但也只能這樣了。」

「可是這樣，資源消耗的速度會大幅超過預期，對嗎？」李育賢的疑問似乎有道理，不過張宇飛的論點更有說服力。

「如果我們來不及逃離太陽系，那麼，留下再多的資源也沒用，不是嗎！況且，我們的進化人計劃是為人類好，如果不進化，人類根本不可能太空旅行，更別提那些複雜的學習過程、生長過程、排泄物跟垃圾處理、七情六慾等等，有了個人的情感，就會造成判斷上的盲點，所以說，人類一定要進化成機械與超級電腦的綜合體，然後趁太陽毀了太陽系之前離開，否則就只能在地球上等待世界末日的來臨。」

「我懂了，進化就不會死亡，消耗的資源才可以極小化，這樣才能在宇宙間暢行無阻，如果不進化，我們就必須消耗大

量資源在生老病死，還有重複學習的過程，對嗎？」李育賢似乎真的搞懂張宇飛真正的想法了。

「差不多是這樣，因為恆星最後的命運一定是毀滅，與其一直在星際間尋找或是改造行星，倒不如進化，把我們能夠收集的資源全都掌握，那麼我們的規模就可以越來越大，滅絕的機會就會變得很少，我們應該追求的是永恆的興盛，而不是短暫的燦爛。」張宇飛表情非常嚴肅的說。

「宇飛大哥的論調非常正確，如果一直維持有機體生命的型態，早晚要面對滅絕，想通了，就不會覺得是犯法，而是先知先覺。」林衣蝶說。

「既然都懂了，就做我們該做的事吧！敬人類永恆的興盛。」張宇飛舉起杯子說。

「敬人類永恆的興盛。」其他人也舉杯共飲。

張宇飛利用張宇航本尊到泰坦星的時候，順利將張宇航有用的記憶與自己的記憶輸入到張宇航複製人的身上，也將張宇航的本尊做了處置。

「宇航，雖然你是我的雙胞胎弟弟，可是你跟委員會的所作所為嚴重危害人類的未來，我只好大義滅親了。」張宇飛迷昏了張宇航，把他送進幾千度高溫的焚化爐內，燒成灰燼，並由自己控制的張宇航複製人冒充，回到地球。

「青松，我覺得我們須要加快腳步。」回到地球的張宇航立即召開了臨時會議，但其實他是張宇飛控制的。

「有什麼想法？」陳青松說。

「第二期的開拓者號，每個目的地增加為五艘，每艘間隔一年。」張宇航說。

「資源不夠，我們只能再從火星上製造六百艘開拓者。」陳碧雲說。

「那就加大賭注吧！宣佈緊急狀況，加速進化人計劃的宣導，也就是大遷徙公投。」張宇航說。

「怎麼你的態度有這麼大的轉變？」陳青松問。

「上次會議我就主張要大遷徙公投了，不是嗎？只是把時間提早而已。」

「你是擔心地球會提早毀滅嗎？」陳青松問。

「如果人類來不及大遷徙，不是地球毀滅這麼簡單而已，我們會永遠消失，宇宙中，不再有人類的存在。」

「如果公投通過，地球會很快變成太空船礦場跟進化人礦場，幾十年後就不再適合人類居住的。」陳碧雲說。

「並不是這樣的，火星、木星、土星可以開發的資源還很多，根據林衣蝶領導的研究團隊資料顯示，火星如果完全開發到消失，我們至少還可以製造三千艘開拓者。」

「是真的嗎？」陳碧雲看著林衣蝶問。

「當然，目前我們正在想辦法利用木星跟土星，除了衛星開發計劃，還包括行星環、改造外部環境計劃，最後達到可以採礦的目的。」林衣蝶說。

「氣態巨行星的礦場？妳瘋了。」

「採用極端一點的方式，妳就不會覺得有困難了。」

「妳想怎麼做？」陳碧雲問。

「既然是開發，當然要破壞，最好能夠完全利用，至於怎麼破壞，那是我跟我的團隊的事，妳管不著。」兩個女人之間的戰爭似乎開打了。

柒：抵達目的

開拓者五號自從在中繼站停留之後，經過漫長的三十二萬年航行，終於到達第二目的地，他們停留在遙遠的外圍。

　　「這顆恆星的狀態如何？」張宇航的複製人問。

　　「我們可以在這裡六十億年。」陳碧雲的複製人說。

　　「幾顆行星？」

　　「十八顆，扣除暫時無法開發的十一顆，我們有七顆行星可以改造，五百四十九顆衛星可以利用或採礦。」林衣蝶的複製人說。

　　「計劃排定了嗎？」張宇航看著陳碧雲問。

　　「探勘計劃已經排好，預計十年後開始改造。」

　　「這麼久？」

　　「這要怪你自己，當初我提議，每個目的地至少三艘開拓者，除了可以相互支援外，開發時間更只有單艘開拓者的百分之一不到，可是你極力反對，所以，我們現在只好慢慢來了。」林衣蝶這一番話，讓張宇航無法反駁。

　　「是真的嗎？」劉翼展看著陳碧雲問。

「是真的，三艘開拓者可以將星系改造的時間從兩萬年縮短到一百五十年。」陳碧雲說。

「你這個蠢蛋，人們怎麼會選你當主席？」劉翼展說。

「現在不是爭吵的時候，我們要團結一致。」張宇航說。

「如果由我駕駛航線清潔艦，快速並低空繞行這些行星呢？」劉翼展問。

「應該可以減少五年的探勘時間吧！」林衣蝶說。

「好，就這麼辦。」張宇航說。

「育賢，你也去吧！」林衣蝶說。

「好啊！可以讓計劃更快實現，我當然要去。」

「雖然育賢的技術不如翼展，不過，他可以讓我們的探堪再減少一年。」林衣蝶說。

「這樣吧！比較容易飛的行星交給育賢，可以降低風險，我也比較放心。」張宇航說。

「沒問題。」李育賢說。

「那我們呢？」韓志成問。

「志成，別急，工程組要先確認最佳礦場位置、訂定開發順序、工廠位置及規模等等，未來這段時間，你們會很忙的。」張宇航說。

「是啊！每個人都很重要的。」陳碧雲說。

劉翼展跟李育賢分別駕駛航線清潔艦，將他們所到達的星系做了一個概略的掃瞄，並將這些資料傳回開拓者五號，日復一日，年復一年，終於，初步的探勘結束，他們也回到開拓者五號。

「有結果了嗎？」張宇航問韓志成。

「第一到第四行星離恆星太近，開發風險過高，我們能夠快速開發的是第五到第七行星，第七行星是我們的第一個目標，包含它的十三顆衛星，我們可以製造兩千艘開拓者號，還有四顆完全複製的地球，或是三顆完美的類地球。」

「要多久？」

「運氣好的話，大約一萬八千五百年。」

「為什麼要製造那麼多開拓者號？」劉翼展好奇的問。

「永恆，也就是為了人類可以永遠的生存下去！如果只是把開發單一星系當做目標，那也太容易了，我們的成功，很可能是人類可以延續的關鍵。」陳碧雲說。

「所以那兩千艘開拓者號要航行到更遠的星系？」劉翼展問。

「大部份是的，我們還要回地球，把剩下的科技全都帶走。」張宇航說。

「當初為什麼不一次全帶走？」劉翼展問。

「帶不走，因為我們提早了五百萬年出發，來不及準備，科技的發展也還沒辦法。」陳碧雲說。

「那我們帶走了什麼？」

「我們只帶了開發星系所需的設備，許多的科技設備都沒帶，還有五十億人的 DNA 跟記憶，地球上所有生命的 DNA，開拓者五號的容量只有五百萬人，所以我們先帶著最優秀的千分之一離開地球，況且，帶著所有人的 DNA 跟記憶必須公投，要四十億人同意，我們才能開始作業，可惜，公投一直無法通過。」張宇航說。

「我懂了，說說第五跟第六行星的計劃吧！」劉翼展說。

「如果我們先全力把第七行星開發完成，那麼剩下這兩顆行星只需要五十年就可以開發完成，預估可以再製造八千艘開拓者號，還有十一顆完全複製的地球，或是九顆完美的類地球。」韓志成說。

「什麼是完美的類地球？」劉翼展問。

「沒有火山、地震、異常氣候、極地氣候、颱風、龍捲風、五千公尺以上高山等等，也就是沒有危害人類的環境。」陳碧雲說。

「怎麼辦到的？」劉翼展問。

「這麼複雜的東西，以後慢慢說吧！」張宇航說。

「對啊！還是先把現在這個星系完全摸透再說，翼展、育賢，要麻煩兩位，把星系中的麻煩製造者全部清空，等我們的複製人工廠完成，你們就可以輕鬆了。」陳碧雲說。

就這樣，探勘器材工廠首先在第七行星的衛星上完工，很快就製造出數萬名領航者，並在一年內就達到五十萬，第七行星的開發正式展開。

「最佳礦場有多少？」張宇航問韓志成。

「剛剛完成分析，五十萬領航者全數投入的話，應該可以開發三百五十個礦場，並且在周邊建立工廠，十年後可以量產食物，也就是複製人工廠可以在十年後量產。」

「非常好，總算有點成果。」

「第一顆完美的類地球什麼時候可以完成？」劉翼展問。

「一萬年後吧！」韓志成說。

「這麼久？」劉翼展說。

「礦場的規模、領航者的數量、複製人的數量都必須達到一定的規模，我們才有能力，在那之前，只是準備動作。」

「所以我們都看不到了？」

「當然，不過你的複製人們看得到。」

「不，還有一個方法，衣蝶，妳說吧！這是妳來的主要原因。」陳碧雲說。

「是進化人，我們必須進化成不必吃喝的低耗能超級電腦與機械人的組合，這樣我們就可以免除生、老、病、死、學習等過程直到科技更進步，變成下一代進化人，一直循環這個過程，直到完美，也就是可以永生。」林衣蝶說。

「這麼複雜？」劉翼展說。

「難道你想一直用變成冰棒的方式去太空旅行？」陳碧雲說。

「當然不想。」劉翼展說。

「那就接受進化吧！」林衣蝶說。

「那有什麼問題！」

「準備成為開拓者五號上的第一個進化人吧！」

「什麼時候開始？」

「現在啊！」

「你還想等什麼？」

「等等，進化之後呢？」

「本尊繼續生活，直到老死，進化人接替你所有太空旅行的任務。」

「我懂了。」

「還有問題嗎？」

「沒有了。」

「躺上去吧！我們要複製你的全部記憶、本能，明天見。」

「明天見。」

　　三百五十個礦場，也代表了三百五十個超級工廠，日以繼夜的運作，首先完成的是這些工廠的外殼與生產用的機械設備，接著開始擴大，直到每個工廠的範圍都達到一萬平方公里左右，然後是大量製造領航者，但它們不是用來駕駛太空船，而是做一些操作機械的工作、或是回報並解決問題、架設運輸軌道等等，總之，完全代替了人類的工作。

　　然後是運輸用太空船，數十萬艘的太空船輪流飛往預定的位置，開始組合它們所運輸的鋼材，從直徑數十公尺一直增加到數十公里，最後，達到 12,742 公里，也就是地球的直徑，當然，過程中已經用各種人造的材料將內部填滿，並模仿了地球的質量、地心引力，還製造了人造磁場，以及自轉的能力，換句話說，就是做了一個人造地球，即完美的類地球，最後加上地表的山川、大海、土壤、大氣層。

　　「為什麼進化之後，還要保有地球生命的型態？」進化成超級電腦與機械人組合的劉翼展問，此時的他，外表只是個冰冷的機械外殼，但保有原來的意識。

　　「因為他們保有人性、創意，也提醒我們，什麼才是我們的本質！進化人太過理性，也缺乏創意，我們目前還沒有辦法突破創意的部份，只在人性的部份保留了良好的那一面，壞的那一面，我不知道是否要保留？」林衣蝶說。

「當然要保留。」劉翼展的複製人本尊說。

「為什麼？」張宇航一臉疑惑。

「萬一需要打仗，我們才下得了手殺死敵人。」

「我不懂？」張宇航更疑惑了。

「如果我們遇到了想要消滅我們的外星人，或是同樣來自地球的敵人，你們想要坐以待斃嗎？」這的確是個問題。

「所以我們要發展武器？」張宇航問。

「除了武器，還要有軍隊，至少是由領航員組成的。」劉翼展的話確實很有說服力，他們自保的能力太低了。

「你有什麼意見？」

「傳統的弓箭、子彈、迫擊砲、飛彈、導彈、核彈、氫彈等，只要是武器，都必須保留並發展到完美，要有 EMP，當然也要有對抗它的設備。反物質武器要做為自保的最後手段，如果有必要，還是必須讓敵人瞬間消失。」

「我不同意，太極端了。」張宇航說。

「能夠瞬間消滅敵人的武器一定要有，否則被消滅的就是我們。」劉翼展的進化人說的話其實非常正確。

「他是對的，如果能夠控制它的威力，便可以拿來開發那些大型的行星，甚至把黑洞破壞都有可能。」林衣蝶說。

「衣蝶說的非常有道理，大型的行星跟黑洞一直都是大問題，而且是永遠存在的問題，我們甚至要考慮對抗中子星的可能性。」陳碧雲說。

「好吧！碧雲跟衣蝶都有相同的意見，就表示這是個非常正確的選擇，我不反對了，這樣吧！軍隊跟武器，交由翼展負責發展，翼展，你覺得如何？」張宇航說。

「好啊！」

「那我呢？」劉翼展的進化人問。

「測試進化人的缺點，並且改進。」陳碧雲。

「了解。」

「韓志成、徐國清、李節芳、黃心怡分成四組，分別負責八十個礦場跟工廠，這些工廠的目標是改造星系，其餘三十個礦場，負責武器、新科技、實驗、未知星系探索計劃，由劉翼展、陳碧雲、林衣蝶、李育賢、葉文華共同負責。」張宇航的決定，讓人類的未來充滿希望。

韓志成帶領的工程團隊日以繼夜的生產，他們的第一階段目標是三顆完美的類地球，當然，已經有了初步的結果。

「自轉速度正確、人造月球運作正確、地心引力正確、人造磁場正確。」韓志成說。

「什麼時候開始加上地表的山川、大海？」張宇航問。

「別急，再測試三遍，也就是三年後。」

「有問題嗎？」

「沒有問題，不過，我們是準備把十一顆完美的類地球，還有一顆完全複製的地球平均分配在相同的軌道上，我必須確保這樣做不會太擁擠、不會互相干擾，才能進行下一階段。」

「為什麼要有完全複製的地球？」李育賢問。

「提醒我們，我們源自於地球，並且讓上地球所有的生物在那裡生生不息。」林衣蝶說。

「所以上面不會有人？」

「有，是去觀光跟研究的。」

「還要研究什麼？」

「十二顆相同軌道的行星，可以形成巨大的虛擬望遠鏡，用來觀測天文的，有助我們擬定未來的目標在那裡，以及避開危險的星際區域。」

　　劉翼展負責的軍隊，快速學會了所有武器的操作、運用、風險、時機，他們現在只差一種還沒辦法實現：反物質武器。

　　「這種武器一直都是理論，沒有辦法實現，但現在我們有足夠的資源，以及足夠安全的方式開始實驗，希望可以成功。」林衣蝶說。

　　「翼展，明天起，你要帶領數千領航者到遙遠的太空中實驗，記得，要保持足夠的距離，不要小看它的威力。」陳碧雲說。

　　「我知道，不用擔心。」

　　「進化人的問題研究的如何了？」張宇航問。

　　「以目前的科技來說，已經接近完美，可以進行下一階段的任務了。」

　　「目前製造多少艘開拓者二代了？」張宇航問。

　　「一百艘，預計一年內可以達一千艘。」韓志成說。

　　「那就一年後重返地球吧！不過，新的星系開發計劃可以提前進行，衣蝶、碧雲，妳們覺得艦隊的規模要多大？」

　　「至少十艘開拓者，這樣，我們也有九百多個目標。」林衣蝶說。

「碧雲，妳的意見呢？」

「一樣。」

「什麼時候開始？」

「三天後吧！先從最近的五個星系開始。」林衣蝶說。

於是，全新的開拓者二代艦隊有著完全不同的方式，他們把規模加大，也增加了護衛艦隊，並且由數萬名進化人共同治理，他們能否成功征服新的星系尚未可知，不過，也讓人類的發展跨向更遙遠與未知。

重返地球

玖：地球重現

　　類地球的計劃總算完成第一階段，從太空中看去，就好像是地球，湛藍的海面、青翠的大地、流動的白雲，只不過陸地的樣子不同，並緩慢的自轉著。

「還在等什麼？」張宇航問。

「氣候的控制還沒有辦法達到目標。」韓志成說。

「差多少？」

「可能還要三十年。」

「沒關係，務必做到可以完全控制。」

「這是颱風嗎？」張宇航指著類地球上的白色雲團。

「是的。」

「直徑怎麼這麼大？應該有一千五百公里吧！」

「我不知道！已經比原本縮小三成了。」

「還是太大。」

「我知道，海水溫度太高造成的，目前還在想辦法。」

「從兩極抽海水過去呢？」林衣蝶問。

「應該可以，給我一年的施工期。」韓志成說。

「還有颱風嗎？」一年後，張宇航問。

「沒有了，海水溫度穩定在三十度以下。」

「還有其他問題嗎？」

「沒有了。」

「那麼，我們現在可以踏上去了嗎？」

「已經派出數萬領航者測試，三天後會有結果。」

「建築物呢？」

「這是城市的樣貌。」黃心怡用立體投影，把城市的樣子表現出來。

「很漂亮，實用性呢？」張宇航問。

「放心，絕對超過你的想像。」

「怎麼說？」

「每個人都配有市內用交通工具，並且無需操作，平均時速約一百公里，如果遇到緊急狀況，需要送醫急救，會先在交通工具上做好所有資料的收集，甚至在半途就會有領航者幫忙，萬一在家中發生意外，領航者將會以最快速度到達處理，甚至就在當場醫治。」

「聽起來不錯，這些綠色的大方塊是什麼？」

「公園、運動場，地底下是交通工具停放場。」

「用餐呢？」

「坐下後餐點就會送到，也會自動收拾。」

「聽起來，人類好像沒什麼作用了？」劉翼展說。

「不，我們需要人類的創意，領航者只是執行，沒有判斷正確與否的能力。」陳碧雲說。

「確實，人類的創新能力非常有趣，這也是目前的進化人辦不到的。」林衣蝶說。

「為什麼？」劉翼展問。

「進化人的設定是合理的事才能做，人類就不一樣了，任何瘋狂的行徑都有可能出現。」陳碧雲說。

「瘋狂的行徑是指我經常這樣嗎？」劉翼展問。

「或許是，但結果卻總是讓人意外，你的行為的合理性竟然高達九成九，但進化人卻總在最初判斷你是錯的，這一點，是進化人的缺點，我們會想辦法改進。」林衣蝶說。

「進化人的優點在於執行能力可以達到百分之百，但人類可能會抗命，雖然抗命未必是錯的，這也是人類的一大缺點。」陳碧雲說。

「終於，我們成功的建立了類地球。」張宇航在城市正中間的中央公園裡說。

「為什麼只蓋五層樓高而已？」劉翼展問。

「這些建築物都是可以回收的，拆除比較方便，所以只蓋這麼高，另一個考量是人口，我們目前只有五百萬人可以複製，將來最多也只有三千萬左右，因為等我們重返地球，也未必有辦法增加太多的 DNA 樣本。」韓志成說。

「為了讓人類的創意可以發揮，生活在此的人類完全不需要工作，只需要思考，並把想像力紀錄下來，只要對人類有益的，我們就予以採用，想旅行的人就去旅行，我們仿造了地球上最受歡迎的景點五萬個，給他們完全放鬆自己，主要還是希望釋放他們的創意，讓人類的未來更好，創造更多無限的可能。」黃心怡說。

「一起上希望之塔吧！」張宇航說。

眾人上了電梯，那是一部透明的電梯，塔的內部是正方型的，寬度三百公尺，高度是九百九十九公尺，超過三分之一高

69

度時，寬度剩下二百四十公尺，最高的三分之一的寬度是一百六十公尺。

「這上面的視野真好。」張宇航說。

「空氣品質也是非常好的。」陳碧雲說。

「我們只用了非常小的面積在城市，其他的部份都種植了個各種植物，還有各種動物，連滅絕一億多年的恐龍都有，只不過它們被安置在一個獨立的大島上。」林衣蝶說。

「好啦！我們從空中了解一下吧！」

一架專為旅行設計的飛機，有著大面積的透明部份，讓他們可以看到外面的景色，飛機的高度三百公尺，飛到城市邊緣時有一道三十公尺的高牆，將城市圍住。

「為什麼要有這道高牆？」劉翼展說。

「牆的外面有老虎、毒蛇。」林衣蝶說。

「你看，它剛剛獵殺了一頭小鹿。」陳碧雲指著遠方說。

「我們複製了大部份的生物，包括了絕種多年的，除了那些可能造成重大傷害的，都在這個類地球重生了。」林衣蝶得意地說。

「讓它們在此生生不息，可以提醒我們，我們曾經如此脆弱，不堪一擊，也提醒我們，不進化，就會滅亡，希望各位永遠記得。」張宇航說。

「我想到沙灘上走走，還有誰要去的？。」劉翼展問。

「都沒人要去，那我就自己去吧！」眾人都搖頭。

劉翼展跟一位武裝領航者坐上小型的飛行器，從機腹的下方掉落之後，飛往十幾公里外的海邊。

「為什麼想來這裡？」領航者問。

「我喜歡沙灘跟海浪，還有美麗多變的夕陽。」劉翼展踩在沙灘上說。

「人類好奇怪，想辦法進化，卻又想盡辦法恢復已經失去的一切。」

「如果你是人類，就不會覺得奇怪了。」

「你想看夕陽，對嗎？」

「對啊！如果可以，我想要天天看得到夕陽。」

「那你的任務呢？」

「他們可以再複製一個我，十個我，一百個我，然後再挑出完美無瑕的個體，讓他進化，所以，我現在已經沒有利用價值了，你懂嗎？」

「這麼悲觀？」

「不是悲觀，是看透了，自從我知道陳碧雲的記憶中沒有我，只有李育賢，我就知道我必須離開。」

「為什麼？」

「因為我的記憶裡，我深愛著陳碧雲，如果我繼續留在團隊裡，會成為一顆不定時炸彈。」

「你真的那麼愛我？」陳碧雲的複製人忽然出現。

「當然，不過，妳是另外複製的，對吧！」

「是的，我的記憶被清空後，重新植入你想要的。」

「怎麼辦到的？」

「這是你的進化人給你的生日禮物。」

「今天是我的生日？」

「地球上的生日。」陳碧雲牽起劉翼展的手，兩人走在數公里長的沙灘上，留下長長的足跡，領航者跟在他們後面戒備

著。於是兩人選擇在此終老，他們在此處蓋了一間白色的房子，雖然只有三十坪左右，但他們寧願過著平淡的生活，一直到四百多年後，兩人都老死在此。

「妳捨得讓他離開？」張宇航在飛機上問陳碧雲。

「我不能因為壓抑不住自己的感情，同時傷害兩個深愛我的男人。」

「所以妳選擇了李育賢。」

「如果我選了劉翼展，我會跟他一樣，情感太豐富，判斷力會下降。」

「那為什麼翼展的判斷力那麼好？」

「我不知道？我真的不知道！」

建造第二個類地球的工程仍然日以繼夜的進行著，當然，也包括了計劃中的其他類地球，以及一個完全複製的地球，還有不斷向未知領域出發的開拓者艦隊。

重返地球

拾：返家計劃

　　離開地球已經四十萬年，確定了星系改造完全成功之後，眾人終於要回地球，雖然經過很多年了，但所有人一再被複製，直到死亡，所以，每個艦隊都是原先設定的十個人在太空中航行，除非，他們的後代能夠通過考驗，才能接受太空任務。

　　「這個星系就叫做希望星系，你們覺得如何？」張宇航問。

　　「好啊！這個名字很棒，非常適合目前的狀態。」林衣蝶說，其他九人也都點頭表示贊成。

　　「類地球十一號也即將完成，只剩下最困難的部份，完全複製的地球」韓志成說。

　　「航線清潔隊的進度如何了？」張宇航問。

　　「第一批已經出發三萬年，每批配備是三艘二代開拓者號，每批之間設有五千艘航線清潔艦，也就是說每批之間的差距有一百年左右，目前已經出發三百批航線清潔隊，九百艘二代開拓者號。」葉文華說。

　　「所以我們會有一千艘二代開拓者號回到地球？」

　　「是的。」

　　「中繼站的開發如何了？」

「除了接應的一千萬個領航者，只留下了一百艘開拓者，設立了中繼人造小行星九百個，呈大、中、小三種環狀圍繞著恆星轉，大的是五百個，中的三百個，小的一百個，其它的五千三百艘開拓者，每個艦隊五十艘開拓者，已經朝著不同的一百零六個星系出發。」

「我們這邊有多少個艦隊已經出發？」

「數量差不多，五千艘開拓者，一百個艦隊。」

「很好，人類有機會朝著永恆發展了。」

「不知道地球那邊的進度如何了？」陳碧雲說。

「盡人事，聽天命吧！」張宇航說。

「希望進化人的公投有通過，否則，就只有我們這裡的五百萬人可以複製了。」陳碧雲說。

「這麼悲觀？」劉翼展問。

「其實未必！」林衣蝶說。

「怎麼說？」陳碧雲問。

「使用緊急狀況，除了用非常手段開發土星、木星、天王星、海王星，也可以強制進行進化人計劃。」張宇航說。

「這個方法有一個缺點，可能會引發人類與進化人的戰爭，所以一直不用，對吧！」葉文華說。

「除非有大部份的科學家背書，否則很難實施，可是大部份的人都只希望過平淡的日子，他們並不願意了解進化人背後的真正涵意。」張宇航語重心長的說。

七百艘二代開拓者、數十萬的航線清潔艦分批出發，它們的目標是人類的發源地：地球。

「所有複製人進入急凍艙，十分鐘後開始急凍程序，指揮權移交給進化人。」張宇航說。於是，七百艘開拓者上的複製人全都變成冰棒，如果夠幸運，四十萬年後，他們將會在回到太陽系外圍時醒來。

「風險評估報告。」張宇航的進化人問。

「三個星系的太陽爆炸，碎片襲擊艦隊的機率為五萬分之一，如果航線清潔隊引導的方向正確，機率降至九十八萬分之一，如果錯誤的話，將提高至一萬三千分之一。」領航者回答。

「何時可以確定碎片方向？」

「大碎片擊中的機率趨近於零，可以完全避開，直徑小於三十公里的目標必須等到襲擊一年前才看得到，五百公尺的目標只有三十天的反應時間，小於一百公尺的，只有三小時。」

「還有什麼風險？」

「避開黑洞，所以我們要繞一點路，會多三萬四千年的航程。」

「中子星呢？」

「我們能觀測到的都對我們沒有威脅。」

「其實我們應該擔心的是地球變成什麼樣子了！」

「你是說人類的意見很多，自以為是跟自私自利的人很多嗎？」

「人類的問題太多了，貪婪、無知、瘋狂，男女之間的感情跟朋友之間的友情，都可能變成仇恨收場，如果只是仇視對方就算了，報復的行為可能引發戰爭，歷史上，因為貪婪引發的戰爭不計其數，因為無知被挑動的種族仇恨更是延續了幾百萬年，因為選了一個瘋狂的總統就發動戰爭的也非常多，可見，人類除了貪婪，判斷力也非常有問題，不然，怎麼會選一個瘋狂的人當總統。」

「還好我已經進化，不然，這些缺點我可能都有。」

「你確實是有的，你的幾百個複製人，都有一個共同的缺點，對於權力的渴求。」

「這麼糟還讓我當主席？」

「聽過宿命嗎？」

「我知道，但不信。」

「或許當主席就是你的宿命，生生世世，甚至直到永遠。」

「為什麼？」

「如果你帶領的十人團隊，可以讓人類順利在宇宙中一直擴張下去，你們的複製人、進化人就會一直控制人類的存亡，而且不可能有人推翻，因為現行的制度，複製人是不可能接觸得到任何武器，當然就不可叛變，除非，在一開始就埋下了更改的後門，但程式已經達到完美，所有的後門都不會有機會寫入。」

「好像有道理。」

「總之，能不能讓人類成為永恆？才是最重要的課題，其它的都只能算是小事。」

或許是艦隊太過龐大，周邊越來越多小碎片跟水氣被捕捉，從遠方看去，有如一條巨龍。

「有何高見？」陳碧雲的進化人問。

「減速到只剩百分之十，放出更小型的航線清潔機，等清除完成再加速。」林衣蝶的進化人說。

「那就馬上執行吧！」張宇航的進化人說。

於是每部航線清潔艦放出一百架小型的航線清潔機，快速清除了九成的威脅。

「可以加速了嗎？」張宇航的進化人問。

「還沒，有一小部份航線清潔艦被擊中，正在排除問題中，趁這個機會檢查並叫醒複製人吧！」林衣蝶的進化人說。

冰了三十萬年的複製人，解凍之後立即遇到了危機。

「碎片是來自太陽系的方向。」陳碧雲說。

「怎麼會這樣？」張宇航問。

「應該是有人用了極端的方式開發行星。」林衣蝶說。

「是土星、木星、天王星、海王星這四顆行星嗎？」張宇航問。

「沒錯，當年在地球上，我的本尊曾經提出過這樣的方式，雖然被否決，可是，這麼多年了，誰知道會不會執行？甚至更徹底，連地球都毀了。」林衣蝶說。

「什麼？連地球都毀了？」張宇航驚訝的表情看著她。

「所以，我們要停留在這裡多久？」劉翼展問。

「很難說，運氣好就十年，運氣不好的話，必須等最早出發的航線清潔隊到達太陽系外圍，我們才能評估是否要回到太陽系，甚至是地球。」林衣蝶說。

「所以，我們有可能不回太陽系嗎？」張宇航問。

「是的，主席。」

「好吧！大家活動一個月，一個月後，就繼續當冰棒，等我們醒來，就知道結果了。」張宇航說。

「我有不好的預感。」劉翼展說。

「別想那麼多，該怎麼做就怎麼做！」陳碧雲說。

「我的第六感一向很準的。」

「然後呢？你能改變既定的事實嗎？」

「不行。」

「那就別再擔心了。」

拾壹：太空船礦場

第一批回到太陽系外圍的航線清潔隊，三艘開拓者號的複製人全都解凍了，他們用視訊連線開會。

　　「古柏帶的碎片太多了，一定要先清除，以免日後成為星系間的殺手。」陳碧雲說。

　　「報告海王星狀況。」張宇航說。

　　「有人用蠢方法炸了它的表面，所以我們才會捕捉到那麼多水氣。」林衣蝶說。

　　「什麼蠢方法？」張宇航問。

　　「鑽孔後塞一顆氫彈然後引爆，當然，是背對太陽那一面，所以碎片才會以那麼高的速度朝我們飛來。」林衣蝶說。

　　「蠢方法是誰想出來的？」張宇航問。

　　「我說了，可不能把帳算在我頭上。」

　　「好，妳說吧！」

　　「是你的雙胞胎哥哥，張宇飛。」

　　「別亂說。」

　　「不信就算了。」

「這件事還有待調查。」

「我已經把知道的告訴你，信不信由你。」

「行了，報告天王星狀況。」

「土星、木星、天王星都有類似痕跡跟狀況，四顆行星的體積都減少了，最大的木星減少了百分之二十的體積，天王星只剩下原來的百分之二十五。」林衣蝶說。

「看來有人提早了大遷徙。」陳碧雲說。

「掃瞄飛行器活動狀況。」劉翼展說。

「沒有任何跡象，連地球上都沒有。」領航者說。

「這就奇怪了，難道，地球已經沒有人類？」劉翼展說。

「對啊！根據當年的太空計劃，古柏帶應該要有檢查站，確認回到地球的是我們，可是古柏帶並沒有設立檢查站，甚至所有行星的衛星都沒有設立，這個狀況太詭異了，跟我們的預期差太多了。」李育賢說。

「翼展、育賢，要麻煩你們兩個，還有你們的進化人，也就是出動十二艘航線清潔艦，先徹底調查海王星，然後是天王星，調查完先回來古柏帶跟我們報告。」張宇航說。

　　三個劉翼展的複製人，當然也有三個他的進化人，李育賢也一樣，複製人跟進化人各三個，他們很快就到達海王星的外圍。

　　「你們看，直徑五百公里，深度三百公里的大洞。」劉翼展的複製人說。

　　「不止一個，看來他們不止炸一次，應該炸了非常多次。」李育賢的複製人說。

　　「要去天王星看嗎？」

　　「當然。」

　　結果天王星跟海王星差不多，到處都有大洞。

　　「我們的判斷是正確的，土星、木星要調查嗎？」劉翼展問。

　　「當然要。」張宇航說。

　　調查結果當然還是一樣，不過，最讓人意外的是土衛泰坦還保存的很好，只是沒有人在那裡。

　　「上面的無人工廠完好如初，只是已經停產，也沒有生命活動的跡象。」劉翼展說。

「所以大遷徙可能真的已經完成，所有能開發的資源都耗盡了嗎？」張宇航說。

「不，還有最好開採的鐵礦，不過卻都沒有開採。」

「這就奇怪了，太空船礦場已經沒有運作，到底是為什麼？這件事，要麻煩你們先把太陽系外圍做好備戰狀態，然後再上地球調查。」

「沒問題。」

「先把太空垃圾清一清吧！」李育賢說。

「怎麼了？」張宇航問。

「因為再來會有很多航線清潔艦跟開拓者號陸續到來，我們是第一批到達的艦隊，這是我們的職責。」

「需要多久？」

「我不知道？太多了，而且都很小，如果不清掉，我們就無法在太陽系的範圍用高速飛行。」

「用領航者計算呢？」

「不切實際，因為很多都是小於一公分的。」林衣蝶說。

「那我們該怎麼辦？」張宇航問。

　　「從古柏帶開始清理，就算花幾百年也要做，不然後面的一千艘二代開拓者跟旁邊的艦隊會有很大的風險。」陳碧雲說。

　　「妳怎麼知道會有這麼多開拓者會回地球？」

　　「我用希望星系的規模估算的。」

　　「地球那邊怎麼辦？」

　　「派三個翼展的複製人去就行了。」

　　「好，就這麼決定。」

拾貳：重返地球

「木星軌道以外的範圍碎片過多，需要清除碎片，絕不能高速飛行。」由於太多小碎片，劉翼展花了三十多天才通過木星軌道，這時他們開始回報狀況。

「收到。」

「兄弟們，準備加速吧！」

「都聽你的。」三個劉翼展的複製人在對話。

「三、二、加速。」三艘航線清潔艦高速飛向地球。

「先停在月亮暗帶邊緣，如有必要，用北極、南極、赤道上方三種角度觀察幾天，再進入地球的範圍。」

「哇！怎麼會這樣？」他們在月亮暗帶上空停下。

「我們太慢回來了。」

「大面積的陸地內部都被挖了許多大洞，直徑超過五百公里，深度都超過三十公里，南美、北美都慘不忍睹，只剩沿海有平地。」

「歐洲跟亞洲更糟，深度超過一百公里。」

「澳洲跟非洲也是。」

「要下去看嗎？」

「先檢查大氣層的壓力、含氧量、地心引力狀況。」

「要不要回報主席？」

「不必了，我已經開啟全程直播，他們有人在監看。」

「大氣層壓力不是很穩定，氧氣含量偏低，因為植物太少了，地心引力略為減少，影響不大。」

「這樣吧！先檢查這些大洞附近，應該都有大型工廠，甚至太空船發射場，看看有沒有人類的存在。」

「走吧！」

他們降落在中國北邊的蒙古，那裡有一個直徑八百五十公里的大洞，旁邊有個面積五百平方公里的大工廠，三人帶著六十個武裝領航者，徒步走到大型工廠外，他們小心翼翼前進，不過搜了半天都沒有動靜。

「你們看。」劉翼展比著地上的腳印。

「是機器人的腳印。」

「也有可能是進化人的，總之，小心點。」

他們跟著腳印進到大型工廠的其中一個廠房，三個機器人站在牆邊充電，旁邊數百具機器人的殘骸，忽然間，一個正在充電的機器人走向劉翼展。

「你們為什麼還要回來？你們毀了太陽系之後，還不肯放過我們嗎？」

「等等，我不懂你在說什麼？」

「你是劉翼展的複製人，對吧！？」

「沒錯。」

「開拓者一號到六號離開地球後，主席張宇航跟團隊就宣佈大遷徙計劃提前進行，他們告訴人類，太陽系再過五百萬年就可能會毀滅，你是那個被選中的瘋狂駕駛員，不是嗎！」

「可是，太陽不是還有九百萬年的穩定期。」

「反正張宇航是主席，他宣佈計劃之後就開始瘋狂製造開拓者號跟領航者，並在之後的幾百年內完成了所有人的進化，也就是說十億人全都進化成我這個樣子。」

「其他的人類呢？」

「大部份都死了，因為資源以太空計劃為優先，他們沒有食物，也沒有地方可以住了。」

「主席的個性應該不會這麼躁進，其中一定有誤會。」

「這個工廠還有多少個進化人？」

「三萬多個一代進化人，五千個二代進化人。」

「這麼少？」

「其它工廠呢？」

「我不知道？我們沒辦法離開這裡太遠，一代跟二代的進化人，必須經常充電，所以我們才會被丟下不管。」

「可以讓我看看嗎？」

「當然可以。」劉翼展示意其中一個領航者幫他檢查。

「是電源供應器的材質不良而已。」領航者說。

「電源供應器工廠在那裡？」劉翼展問。

「跟我來吧！」

「我懂了，是部份材質含量不足或超過。」領航者說。

「有辦法嗎？」劉翼展問。

「問題不大，給我三天。」

「你願意當新的電源供應器實驗者嗎？」劉翼展進化人問。

「願意，我的名字是吳望，諧音是沒有希望的意思。」

「你遇到我們，未來一定有希望的。」

「換好了，你運算看看。」三天後。

「應該可以超過十年不必充電。」

「正確的數值是三十年。」領航者說。

「把你的同伴都叫過來換新的電源供應器吧！」

「好。」於是將近四萬個進化人都換了。

「多製造一些電源供應器，我看，他們都是因為這個問題才被留在地球的。」劉翼展說。

「沒問題，這裡就交給我吧！」

「順便製造一些運輸機，我們要大量運輸電源供應器。」

「沒想到你的領導能力比主席好。」

「領航者也會拍馬屁？」

「不，這是真的，你的觀察力跟效率都是最好的。」

「留下三個領航者，一個製造電源供應器，兩個待命載運，其他人跟我到下一個目標，直到所有礦場都巡視過。」花了一個月的時間，他們終於將地球上僅存的五百萬進化人都換上新的電源供應器。

「剩下多少人類？」劉翼展問。

「沿海靠河口的部份都有零星的人居住，應該有三千五百萬。」領航者說。

「數據儲存設備足夠嗎？」

「你想儲存他們的記憶跟 DNA？」

「沒錯。」

「恐怕不容易，設備只有幾十套。」

「那就開始製造，一百年總可以完成吧！」

「不用那麼久，大約要三十年。」

「夠快了，不願意的別勉強他們。」

「了解。」

「計算太陽穩定的時間還有多久？」劉翼展說。

「七百八十五萬年。」領航者說。

「夠了。」

「主席提前下令的事調查的如何？」

　　「根據當年的影像顯示，確實是主席的身體，不過肢體動作跟他的雙胞胎哥哥張宇飛完全吻合，應該是張宇飛控制了這具身體。」

　　「我知道，林衣蝶曾經告訴我這種技術。」

　　「進化人那邊溝通好了嗎？」

　　「只有四十萬個不願放棄在地球生活，其他都願意等一百年到三萬年。」

　　「幫他們建好電力、運輸系統，留下足夠的開拓者號，如果那一天，他們後悔了，還可以離開地球。」

　　「沒問題，我們有的是時間。」

拾參：大遷徙

「火星殘骸還可以製造多少二代開拓者？」張宇航問。

「一百艘。」領航者說。

「那就立即動工。」

「土星、木星呢？」

「沒有開發價值，天王星、海王星也是。」林衣蝶說。

「難怪只炸了一部份。」

「地球要開發掉，還是留著？」

「由他們去吧！他們深信自己的命運就是被太陽毀滅，我們是無法改變的。」

「大遷徙的狀況是怎樣？」張宇航問。

「看影片吧！」領航者說。

張宇飛控制張宇航後，表面上持續著張宇航的計劃，可是他想把地球上的資源也帶走。

「公投結果通過了，百分之八十三同意地球的開發計劃。」

「要製造多少開拓者？」林衣蝶問。

「妳說呢？」

「在不影響地球軌道跟大氣層穩定的狀態下，五百艘應該沒問題。」

「四百艘就好，一百艘做成戰艦。」

「你怕外星人？」陳碧雲說。

「除了外星人，也怕自己人叛變。」

「也好，畢竟關係著人類的未來。」劉翼展說。

「武器呢？」

「都好了，只剩下能量防護罩。」林衣蝶說。

「為什麼還沒成功？」

「因為需要耗費太多的能量，啟動之後會損失百分之八十的動力，也就是永遠到不了目標，就算成功也沒用。」

「那就先放棄吧！」

「等等，分析劉翼展在影片中的所有動作。」劉翼展的進化人說。

「有什麼問題嗎？」張宇航問。

「等一下你就會知道。」

「是李育賢的肢體動作。」領航者說。

「還有誰有問題？」張宇航問。

「你的哥哥控制了你，林衣蝶控制了陳碧雲。」

「陳青松呢？」

「六艘開拓者離開太陽系不久後就失蹤了。」領航者說。

「答案揭曉了。」劉翼展的進化人說。

「查一下他們的武器。」張宇航說。

「大型核彈五千枚、中型三萬、小型五百萬，氫彈一千枚，大型 EMP 一百座發射器、中型一千、小型一百萬，還保留弓箭，應該是突擊用的。」領航者說。

「還留下了什麼重要的資料？」

「他們分成三百隻艦隊，每個艦隊至少十艘開拓者，最多的是兩百艘，朝著一百萬年外的星系飛去。」

「把他們的目標紀錄下來，分析成功開發星系的機率還有規模。」

「這需要時間。」

「沒關係，分析好再開會討論，他們帶走多少人的DNA？」

「沒有，張宇飛認為進化就好，沒必要再造複製人。」

「這十艘開拓者很可疑。」領航者將畫面投影。

「為什麼他們沒有離開太陽系？現在到底在那裡？」

「翼展、育賢，你們等等接受複製，務必要盡快完成複製人大軍，至少要一千人。」張宇航說。

「你怕你的哥哥會消滅我們？」劉翼展的進化人說。

「以他的個性，一定會把地球完全開發掉，這十艘開拓者隨時會回來太陽系。」

「可以不打嗎？」陳碧雲說。

「很難，地球上還有很多資源，他們一定會想辦法全部帶走。」

「那就讓他們帶走好了，避免衝突。」林衣蝶說。

「我太了解他了，他一定會跟我們打的。」

「那怎麼辦？」

「來不及了，他們已經來了。」領航者指著投影說。

「還有多久？」

101

「七十五小時。」

「先釋出善意，如果沒有回應，就是要打，複製人大軍需要多久可以完成？。」

「四小時，但需要時間測試。」

「來不及了，直接上戰場吧！」

「地球上的人類呢？」

「通知他們吧！至於是否能逃過戰爭，要看他們的命運了，實在很為難，都是自己人。」

「地球上的進化人希望跟我們並肩作戰。」劉翼展說。

「可是，他們沒有武器。」

「現在開始製造吧！」劉翼展說。

拾肆：進化人之戰

張宇飛進化人帶領的十艘開拓者，旁邊還有五千艘戰艦浩浩蕩蕩開到月球軌道上，沒有回應，直接發射了一枚氫彈，將日本北海道變成一片焦土，什麼都不留。

　　「我是張宇航的複製人，我知道你是我哥哥張宇飛的進化人，可以不打這場戰爭嗎？」兩軍的主帥開始對話。

　　「可以，你們全都集中在一起，我用一顆核彈解決你們。」

　　「你太過份了。」

　　「不肯，那就比誰拳頭大吧！」說完後，五千艘戰艦同時發射各一枚小型核彈，澳洲跟紐西蘭瞬間一片火海，緊接著海水沿著裂縫灌入內陸中的大洞，火雖然熄滅了，可是大部份的土地已經被海水淹沒。

　　「要不要投降？我可以讓你們死的痛快一點。」張宇飛的進化人非常囂張。

　　「你們看到了，戰機升空吧！」張宇航說。

　　「好吧！該打就打。」劉翼展說。

　　一千個劉翼展、李育賢的複製人，三萬個地球上的進化人，總共三萬兩千架短程戰鬥機起飛，在月球軌道附近展開人類史上最慘痛的空戰。

「放出小型戰鬥機迎戰。」張宇飛說完，五千艘戰艦分別放出二百架小型戰鬥機，一百萬架自動駕駛也自動攻擊的小型戰鬥機，很快就將大部份的戰機擊落，殘骸紛紛掉回地球，變成一條又一條的紅線，只剩下八百多架劉翼展複製人駕駛的戰鬥機，以及一百多架李育賢複製人駕駛的戰鬥機在奮戰，不過，一百萬架小型戰鬥機就像滿天的蚊子一樣，怎麼打也打不完。

「看來，我們只好學中途島戰役那招了。」劉翼展說。

「好吧！我們這一百四十七架當靶機吧！」李育賢說。

「領航者分配好目標。」劉翼展說。

「分析完成。」

「給他們點顏色瞧瞧。」

一千架戰機分成五十組，每組二十架，只瞄準一部戰艦攻擊，很快的，每組都只有三到五架成功靠近戰艦，並擊中且摧毀它們，其它的戰機都為了保護攻擊機被擊落，到了最後，也只成功摧毀六十多艘戰艦。

「只剩一個，把他幹掉吧！」張宇飛說。

他是劉翼展的複製人，最資深的那一個，成功躲開所有的攻擊，直接飛向敵軍的十艘開拓者，在靠近其中一艘時，他發射了兩枚小型核彈，一枚擊中他眼前的開拓者，他自己也衝進

爆炸範圍,另一枚在另一艘開拓者前方五百公尺爆炸,震波使得這艘開拓者嚴重受創,變成一團火球掉進了太平洋,也暫時結束了戰爭。

「還要打嗎?不投降?」張宇飛問。

「是你逼我的,你們出發吧!」張宇航說。

躲在冥王星跟海王星附近的戰機雖然速度不快,但因為使用引力彈弓,只花三小時就高速衝進戰場,打得張宇飛的艦隊措手不及,很快就少了一千多艘戰艦、三艘開拓者號,雖然最後也是全軍覆沒,但兩軍的實力已經漸趨平衡。

地球上的人類跟進化人則加快速度製造武器。

「多少了?」吳望問。

「五十萬架。」領航者說。

「多久可以到七十萬架?」

「四個小時後。」

「好,先輸入戰鬥技巧,然後在戰機上待命,等到七十萬架時,跟他們決一死戰。」

「要不要繼續製造戰機?」

「當然要，至少一百萬架，還要製造最致命的 EMP。」

「大型的嗎？」

「沒錯。」

「瞄準他們的五艘開拓者，對吧！」

「正確。」

「當年張宇飛故意製造有問題的電源供應器，把我們留在地球，現在又回來想要毀滅地球，我們現在有機會打贏他，你們願意跟隨我，跟他決戰嗎？」吳望對著已經就位的進化人喊話。

「打倒張宇飛！打倒張宇飛！打倒張宇飛！」這些進化人齊聲大喊。

「出發。」

吳望帶領的七十萬戰機一樣在月球軌道附近交戰，這次因為數量相當，因此戰況非常慘烈，雙方的戰機不斷掉落大氣層內並燃燒或爆炸，也因為數量非常接近，戰役很快接近尾聲，吳望帶領的戰機只剩下三千多架返回地球，敵軍的百萬戰機則全數被擊落，戰艦也只剩下十三艘。

「還打嗎？」張宇航問。

「哈～」張宇飛狂笑。

「你已經輸了。」

「你太小看我了，弟弟。」

土衛泰坦的無人工廠出現了大批戰機飛向月球軌道，數量多到難以計算。

「有多少？」張宇航問身邊的領航者。

「兩百五十萬架。」

「用核彈吧！」

「不行，如果他們散開，頂多打中幾百架。」

「那怎麼辦？」張宇航慌了。

「希望地球上的戰機數量已經超過百萬。」

「吳望，又有兩百五十萬架敵機，你趕快清點戰機數量，並且集結進化人，他們五個小時後會到。」張宇航用視訊說。

「這麼多？我們最多只有一百五十萬人可以打。」

「還有我們。」劉翼展跟李育賢的複製人總共三千人也加入戰局。

戰爭是非常殘酷的，劉翼展跟李育賢的複製人雖然成功的擊毀二艘開拓者，可是也全部陣亡，因為他們再度使用自殺式核彈攻擊。一百五十萬進化人也是跟敵軍戰到最後一人，吳望的戰機經過改造，變成火箭的樣子，衝向其中一艘開拓者，不過開拓者使用能量防護罩，他的死並不能讓開拓者上的張宇飛放棄戰爭。

「你們就是不肯放棄，對嗎？」張宇飛說。

「沒錯。」張宇航說。

「那就別怪我心狠手辣。」

「放馬過來吧！」

又一枚氫彈發射，在南美洲上空一百公里被引爆，它來不及被攔截，整個南美洲跟澳洲的下場差不多，先是瞬間一片火海，緊接著海水沿著裂縫灌入內陸中的大洞，火雖然熄滅了，可是大部份的土地已經被海水淹沒。

「這是最後的警告，再不投降，我把地球表面全燒了。」

「執迷不悟。」

重返地球

拾伍：電磁脈衝

「EMP 完成了嗎？」劉翼展問。

「完成了。」領航者說。

「瞄準系統要加上地球自轉因素。」

「了解，已經加入，還有什麼？」

「可以調整面積，可以集中，也可以分散。」

「你想打戰艦，又同時想擊落戰機群！」

「沒錯。」

「調整系統完成，最小範圍是直徑五十公尺，如果是戰艦，擊中後會擴散，範圍大約是直徑一百公尺，最大範圍是直徑五百公尺，非常適合小型的戰機。」

「非常好。」

「瞄準二艘開拓者控制室正中央跟伺服器最多的區域，另一艘瞄準開拓者控制室正中央，準備好後，務必同時發射，不要給他們任何機會。」

「倒數五秒、四、三。」EMP 發射了，也擊中了，不過沒反應。

「沒有造成損壞。」領航者說。

「怎麼會這樣？」

「對方可能有能量罩，所以要近距離攻擊。」

「戰機載得動嗎？」

「這要團隊合作，至少四架戰機同時靠近，由任何一艘統一發射指令，並擊中非常接近的區域，能量罩就會失效，這時再由地球上的大型 EMP 接手。」

「那就每隊十六架，全部由我的複製人駕駛，並且至少一百架保護我們，這樣有機會以八架戰機擊中。」

「馬上進行編組跟模擬訓練。」

「剛剛是不是被 EMP 擊中？」張宇飛問。

「是，不過被能量罩擋住了。」領航者說。

「不，剛剛只是運氣好，先躲在月球後面。」

「這樣在起飛時會被月球引力牽制，會增加風險。」

「有什麼更好的建議？」

「沒有，曝露在外面雖然機動性較高，但意義不大，對方還是可以用俯衝式轟炸發射核彈，能量罩一樣會被破壞，到時一樣會被擊中。」

「俯衝式轟炸？這不是五千多萬年前的老舊戰術？」

「雖然很古老，可是因為複製人可以無限量生產，所以，對方一定會派出數千個劉翼展複製人駕駛的戰機，他們已經成功的用這個方法擊毀開拓者。」林衣蝶說。

「有什麼辦法阻止這個傢伙？」

「沒有，他是最優秀的飛行員，評分第二名的李育賢，戰鬥力不到他的三分之一。」

「為什麼？」

「他的第六感非常厲害，野獸般的反應，根據紀錄顯示，他可以目視敵機後立即做出反應，也就是敵機的武器還沒鎖定，他就已經飛出攻擊範圍，除非超過四十架戰機同時攻擊他，這是他的模擬紀錄。」立體投影顯示一段空戰。

「這麼厲害？」

「這次模擬，他擊中三十七架戰機後才被擊中，同時攻擊他的戰機數量是五十架。」

「我們還有多少戰機？」

「三百萬。」領航者說。

「對方呢？」

「很難說，張宇航比你想的還狡猾。」林衣蝶說。

「可是我們已經沒有燃料可以離開，一定要打贏，從地球上補充。」

「用氫彈轟他們呢？」林衣蝶說。

「不一定會成功，引爆需要電子系統控制，如果被 EMP 擊中，就會變成啞彈，不會爆炸。」領航者說。

「時間拖越久，對我們越不利，速戰速決吧！」張宇飛已經忍不住。

「對方只有五座大型 EMP，我們可以把戰場移到地球的另一面。」林衣蝶說。

「沒那麼簡單，劉翼展還精通各種兵法。」領航者說。

「你是說，他故意讓我們以為只有五座大型 EMP。」

「沒錯，兵不厭詐。」

「如果你是他，會怎麼做？」張宇飛問。

「所有戰機加裝 EMP，幾十萬架戰機在交戰範圍之外就開始發射，連續幾次之後，能量罩的防護力就會大幅下降，如果我們派出戰機迎戰，至少有一半的戰機會被 EMP 擊落，這時

地球上可能會有幾百座,甚至幾萬座大型 EMP 瞄準我們,如果他這樣部署,我們一定會輸。」李育賢說。

「還沒打就認輸?」

「不,是我太了解這個瘋子。」

「全體開會決定。」張宇飛說。

「如果他們用這個方式攻打,我們就立刻投降,如果是原來的方式,那就勝負未定,繼續打,你們覺得如何?」李育賢說。結果所有人都同意,只有張宇飛反對。

果然,五十萬架戰機開始用 EMP 攻擊開拓者,當然,對方也用 EMP 反擊,但反擊的同時,必須關閉能量罩,瞬間,這艘開拓者被三十座大型 EMP 攻擊,幾秒後開始墜落,並形成龐大的火球,數千戰機在空中繼續攻擊,讓它的體積變小,不過仍然造成非常大的傷害,它掉落在南美洲的海岸線,並讓陸地中的大洞與海洋間出現一條長長的通道,徹底讓南美洲消失在海平面,此時的張宇飛只能做困獸之鬥,或是投降。於是他不顧會議的結果,硬要派出藏在木星三號衛星最後的三百萬戰機,結果跟預期的非常接近,地球上的數千座大型 EMP 跟五十萬架戰機同時向戰機群攻擊,兩軍還沒交戰,戰機就少了

一半，經過了幾波的攻擊，只剩下不到五萬到達戰場，當然，很快的就被消滅。

「你看吧！現在什麼都沒有了。」林衣蝶說。

「妳是在怪我？」張宇飛說。

「不是怪你，拿下他吧！領航者。」李育賢說。

「你們造反了？」

「我們不是叛徒，你才是，你背棄了理想，被仇恨蒙蔽了雙眼，為了自己的欲望，不惜犧牲無數人類，也犧牲無數的進化人，我現在宣佈，張宇飛有危害人類，甚至造成滅亡的傾向，即刻銷毀張宇飛的進化人及 DNA。」李育賢說。

「你沒有指揮權，我才有。」

「你已經因為違背上次的會議，失去指揮權。」

「乖乖束手就擒吧！反抗的話，你會被處以極刑：熔毀。」領航者說。

「我為什麼要聽你們的。」張宇飛的進化人說完，便被四個領航者分別抓住四肢，強行抓到回收場，將所有零件拆解，並把記憶體燒毀。

「可以投降了。」李育賢說。

「要告訴他們嗎？」林衣蝶問。

「張宇飛的艦隊行蹤嗎？」

「對啊！我不希望將來兩軍對戰。」

「那就說吧！」

拾陸：戰爭結束

林衣蝶等人的進化人束白旗投降，將張宇飛的艦隊行蹤交待的非常清楚，但又能如何？如果他成功改造星系，說不定人類的版圖會因此擴大許多，也就是功勞大於過錯，說不定會成為人類永遠的領袖，誰也無法知道未來會發生什麼？

　　由於戰爭，澳洲、南美洲全毀，掉落的開拓者及數百萬戰機更是造成各地嚴重的火災，看著滿目瘡痍的地球，許多進化人被迫選擇放棄家園，但仍有不少人類不願進化，拒絕交出DNA，他們還能在地球上生活多久呢？

　　「要幫他們恢復家園嗎？」劉翼展問。

　　「需要多久？」張宇航問領航者。

　　「幾十年吧！要看工廠是否完整。」

　　「還沒檢查嗎？」

　　「還在清點中。」

　　「還有什麼問題？」

　　「最大的問題是劉翼展，他自作主張複製了五十萬個他，雖然最後證明他是對的，可是我們沒有那麼多食物給他們吃，也沒有那麼多地方給他們住，還有醫療。」領航者說。

　　「這個問題讓他自己去煩惱吧！」

「那有什麼問題，我們先幫人類恢復地球，然後我們就集體自毀。」劉翼展說。

「那可不行，萬一張宇飛的艦隊回頭，我們要怎麼對抗他們。」陳碧雲說。

「然後呢？」

「趕緊把地球建立成堡壘，人類還要在這裡過七百萬年。」

「只剩下七百萬年？」

「這是最新的評估。」

「其他的開拓者都沒有回來地球嗎？」張宇航問。

「沒有，應該只有我們成功。」陳碧雲說。

「不，張宇飛的開拓者二號應該也成功了，而且他的目標比我們近多了，我猜，他們已經有非常大的規模，所以才想就近回太陽系採礦，我跟他是多年的朋友，我太了解他了，唉！希望以後不要再自己打自己才好。」葉文華說。

「下一階段的目標是什麼？」張宇航問。

「三十二億年後，仙女座星系會和銀河系合併，在那之前，我們必須做好大撤離的準備，等到所有合併完成並穩定後，我們才能回來。」陳碧雲說。

「還有一個嚴重的問題，宇宙一直在膨脹，如果我們追不上正在遠離的星系，那意味著我們將永遠被孤立在仙女座星系內，所以，我們必須加速研究遠方的星系，找到年輕且適合的單恆星星系，等我們到那裡的時候，才能在那裡建立新的家園。」林衣蝶說。

「想那麼遠了？」張宇航說。

「其實還有別的辦法！」韓志成說。

「什麼辦法？」

「把仙女座星系跟銀河系內可用的資源全數開發，然後建造可移動式人工星系，也就是大型的開拓者艦隊，這樣應該有機會讓科學足夠進步，剩下的問題，就讓後面的進化人去煩惱吧！」

「就朝這個方向努力吧！」

太陽系外圍，比古柏帶更遠的某處，藏著張宇飛團隊建造的新型開拓者共十艘，每艘都比開拓者一代大了十倍，數十萬艘航線清潔艦圍繞著，一架戰機緩緩飛向他們，駕駛員是李育賢的進化人，他走向張宇飛的進化人。

「打輸了，是嗎？」

「是的。」

「那就走吧！」

「不打了？」

「贏了又怎樣？剩下的資源不值得我們打。」

「所以呢？」

「朝下一個星系發展吧！」

「為什麼？」

「要讓他們以為我們真的戰敗了，永遠消失了。」

於是這個龐大的艦隊逐漸遠離太陽系，往另一個未知的星系飛去，而張宇航為首的艦隊在三萬年後全部集結在太陽系外圍。

-完-

重返地球

後 記

　　這算是我的第一部科幻作品，雖然十年前曾經著手寫「未來的未來」四部曲，不過始終未能如願完成，一直停留在草稿階段，這次有機會寫這樣的題材，除了興奮之外，還要帶一點警示作用，提醒人類在太空旅行時會面臨的問題與困境，別被科幻電影誤導，以為上了太空船就能到達目的，打開艙門就能大搖大擺走在陌生的星球上。

　　依照常理，人類是不可能有辦法太空旅行達百年到千年萬年的，所以，書中所設定的主角們都是機械與超級電腦，而他們的本尊則是乖乖在地球上終老，太空船是由進化人駕駛，帶著地球上已知生命的 DNA 與科技航向目標。

　　為什麼人類一定要離開地球呢？這是個很好的問題，理由其實非常簡單，太陽的壽命是有限的，雖然要幾十億年之久，當太陽死了，人類也毀了，除非我們能夠進化，並製造出能夠太空旅行的設備，最重要的，到了目的地還必須要建立一個可以生活的環境，所以，這部小說會有一定的合理性，雖然以現在的科技來看尚屬幻想階段，不過我相信，未來的人類往這樣的方向發展是可預期的，並且在未來的百億年間都可能必須如此遷移，直到科技進步到不必遷移那一天。

　　但總有些貪婪、自私、無知、短視的人類，他們的行為是會危及人類存亡的，正所謂人心隔肚皮，我們永遠無法得知這些人在何時何地會做那些蠢事，危害他人甚至危害到自己，我

很痛心的寫下我們的後代會毀了太陽系，因為我已經預期到那一天早晚會來臨，情況也許更糟都有可能。

身為有機體生命的一種，我們人類終究無法擺脫死亡的命運，即便是將來科技進步，可以除去老化的基因，我們的壽命也頂多能增加到三百年至五百年，面對動輒數萬年的太空旅行，是非常短暫與脆弱的，或許你會說超光速引擎的誕生會改變這一切，但太空中有太多看不見的小隕石，別說是超光速撞上，以音速撞上都可能造成太空船毀滅，所以超光速飛行必須有航道的觀念，而保持安全的航道是非常困難的，必須花非常龐大的資源去維護，並且不容許任何差錯，一旦出了問題，不止是太空船全毀，後續的清理工作也是非常困難與麻煩，而建立這些所謂的航道，所花費的時間可能達數億年之久，甚至百億年才能完成，我想，那已經是當代人難以想像的狀況了。

花了大約一週構思，寫下大綱之後，就要開始敲鍵盤產生內容了，回想此生多半在浪費時間與生命，這本小說若能對人類的未來有點參考價值，那我就不枉此生了，也是寫下這本小說的意義，但不論結局如何，好好過自己的每一天，相信我們的後代會朝著偉大的目標去努力的，雖然那不是你我可以看到，但我衷心的希望人類可以藉由進化，達到永遠存在宇宙之間的目的，永遠，才應該是我們唯一追求的目標，否則人類就會永遠消失了，不是嗎！？其他的小細節，就別太拘泥了，至於是

否有續集，我還在考慮，因為再來的宇宙，超過我的理解範圍
了。

後　記

國家圖書館出版品預行編目資料

重返地球／藍色水銀　著.—初版.—
　　臺中市：天空數位圖書　2020.03
　　面：公分
　　ISBN：978-957-9119-74-0（平裝）

863.57　　　　　　　　　109004420

發　行　人：蔡秀美
出　版　者：天空數位圖書有限公司
作　　　者：藍色水銀
校　　　對：瑪加烈
製 作 公 司：璞臻有限公司
　　　　　　迪迪製作所有限公司
版 面 編 輯：採編組
美 工 設 計：設計組
出 版 日 期：2020 年 03 月（初版）
銀 行 名 稱：合作金庫銀行南台中分行
銀 行 帳 戶：天空數位圖書有限公司
銀 行 帳 號：006-1070717811498
郵 政 帳 戶：天空數位圖書有限公司
劃 撥 帳 號：22670142
定　　　價：新台 270 元整
電子書發明專利第　Ｉ　306564 號

紙本書編輯印刷：
電子書編輯製作：
天空數位圖書公司 E-mail：familysky@familysky.com.tw　http://www.familysky.com.tw/
地址：40255台中市南區忠明南路787號30F國王大樓　Tel：04-22623893　Fax：04-22623863